Katja Knipp

Neun Zehen

Floer von Föhr-Verlag
Köln

Für Dich

ISBN 978-3-00-038387-8

Finden Sie uns im Web auf
www.floervonfoehr.de

Finger weg !!!

Das ist mein

Tagebuch !

Mathilda Schilling

24.12.
23.42 Uhr

Ich wollte schon lange eines haben. Ein Tagebuch. Meine Mutter schreibt Tagebuch, seit sie ca. 13 Jahre alt war, aber leider weiß ich nicht, wo sie die ganzen Tagebücher aufbewahrt. Müssen eine ganze Menge sein, inzwischen. Eines Tages werde ich sie hoffentlich lesen dürfen.

Meine Mutter sagt immer: „Man vergisst so vieles, man sollte es aufschreiben!" Und das werde ich machen. Aber jeden Tag werde ich sicher nicht reinschreiben.

Was wird dieses Tagebuch wohl mal für eine Geschichte erzählen? Vielleicht von einem Jungen, in den ich *unsterblich* verliebt bin? Was wird wohl im nächsten Jahr passieren?

Auf jeden Fall wird es ein tolles Jahr werden, weil ich in ein paar Monaten 13 werde und dann endlich ein Teenie bin. Aber das Beste im kommenden Jahr werden meine Sommerferien. Ich darf ganz alleine ohne meine kleine Schwester Cassandra nach Amerika. Drei Wochen bleibe ich bei Markus und Rita. Markus ist der Bruder meiner Mutter. Er ist also mein Onkel. Aber ich sage nur Markus zu ihm. Ohne

„Onkel". Markus ist vor vielen Jahren nach Amerika gezogen und hat dort die Rita geheiratet. Ganz alleine darf ich über den großen Teich fliegen. Cool, oder? Endlich mal was anderes sehen, als Föhr. Fast jedes Jahr in den vergangen Sommerferien sind wir nach Föhr, auf diese kleine Nordseeinsel, gefahren. Und manchmal auch in den Oster- oder Herbstferien.

Aber jetzt wird es AMERIKA sein! Der Flug ist sogar auch schon gebucht. Am Donnerstag, den 15. Juli. gibt es Sommerferien und ich fliege dann am Dienstag, den 20.07. Bis dahin sind es noch genau 203 Tage.
Wie soll ich das bloß durchstehen? Ich fliege von Frankfurt nach Chicago. Markus und Rita wohnen in der Nähe von Chicago. Na ja, was die Amis so Nähe nennen. Man muss wohl ungefähr noch 2 Stunden mit dem Auto vom Flughafen zu ihnen nach Hause fahren.
Als wir letzte Woche mit Markus geskypet haben, erzählte er mir von einem riesigen Vergnügungspark, der Six Flags heißt. Markus ist nämlich genauso verrückt nach Achterbahnen, wie ich.
Da fällt mir gerade ein, wie toll es in den Herbstferien mit Sophie im Phantasialand war. Sophies Mutter hatte uns hingefahren und wir

durften uns einen ganzen Tag dort vergnügen. Immer wieder haben wir uns bei Tulukan, Black Mamba und Mystery Castle angestellt. Einmal haben wir uns total gezofft, weil Sophie schon wieder bei Black Mamba außen sitzen wollte. Das war total gemein. Eigentlich ist sie ja meine beste Freundin, aber das coole Kribbeln im Bauch spürt man nun mal auf dem äußeren Platz am besten.

25.12.

15.10 Uhr

Oh, Cassandra hat mich genervt. Sie kam mit unserer neuen Wii nicht zurecht. Die Wii ist echt genial. Gab's auch zu Weihnachten.

Cassandra, ist das nicht ein schrecklicher Name?! Genauso schrecklich wie *Mathilda*. Wie kann man seine Kinder nur so nennen? Das werde ich meinen Eltern wohl immer übel nehmen.

Mein Vater hat auch so einen komischen Namen. Er heißt Floer. Das ist wohl ein alter friesischer

Name, aber ich muss dabei immer an das berühmte Schaf „Floer von Föhr" denken. Manchmal ist Papa allerdings auch stur wie ein alter Bock!

Zum Glück durften Cassandra und ich mitbestimmen, wie unser Mischlingshund heißt. Sie hätten ihn wahrscheinlich Zeus oder Odysseus genannt, nur weil er aus Griechenland kommt. Cassandra und ich haben ihn Pettersson getauft. Findus konnten wir ihn nicht nennen, weil der Hund meiner Großeltern schon so heißt. Pettersson liegt jetzt gerade neben mir. Er liegt oft bei mir im Zimmer, meistens, wenn ich Hausaufgaben mache. Wenn uns jemand fragt, zu welcher Hunderasse er gehört, sagen wir immer, er ist ein griechischer *Kannso*. Ja, kann *so* oder *so* sein! Dann lachen die Leute immer.

Ich hätte nicht gedacht, dass mir Tagebuch schreiben so viel Spaß macht.

Aber jetzt will ich Wii spielen!

20.10 Uhr

Die Wii hat mir überhaupt keinen Spaß gemacht. Dieser blöde Gnom steht immer noch neben dem Weihnachtsbaum. Ich habe die ganze Zeit das Gefühl, der starrt mich an. Obwohl sein Blick auf den Boden gerichtet ist. Hätten wir ihn bloß nicht gekauft! Das Ganze war nämlich so:

Meine Mutter wollte meinem Vater zu Weihnachten einen Drachen aus Ton schenken. Dafür bin ich mit Mama extra nach Königswinter in eine Töpferei gefahren. Aber die Drachen dort konnte man einfach nicht bezahlen. Sie sahen zwar toll aus, waren aber einfach viel zu teuer. Und da dieser Tag die letzte Gelegenheit für meine Mutter vor Weihnachten war, um Papa ein Geschenk zu kaufen, haben wir fast alle Baumärkte zwischen Bonn und Köln abgeklappert. Aber Drachenfiguren gab es einfach nicht. Alle Verkäufer meinten, wir sollten im Frühjahr wieder kommen. Im letzten Baumarkt, der fast bei uns um die Ecke ist, gab es zwar keine Drachen, aber zwei einsame Trolle aus Stein standen in der Gartenabteilung. Sie waren ca. 40 cm hoch, hatten lange spitze Ohren, komische Drachenflügel auf dem Rücken und umklammerten sitzend ihre Knie.

„Matti, schau, was für ein Glück, sehen sie nicht wunderschön aus? Einer von denen würde doch prima zu unseren Muscheln am Fischteich im Garten passen! Sollen wir den rechten oder den linken Gnom nehmen?"

Ganz ehrlich: ich fand sie hässlich! Aber ich wusste auch, dass wir keine andere Wahl hatten. Einen mussten wir nehmen!

„Nimm mich!"

Fragend schaute ich meine Mutter an. „Hast du was gesagt?" „Nein", antwortete Mama. „Ich denke, wir sollten den rechten nehmen, bei dem linken Zwerg fehlt ein kleiner Zeh."

„*Nimm mich!*" Schon wieder! Ich hatte es schon wieder gehört! Meine Mutter untersuchte genau den rechten Troll. Ein Ehepaar, das ca. 4-5 m von uns entfernt stand, unterhielt sich angeregt über die Vor- und Nachteile der angebotenen Weihnachtsbäume. Wer also hatte diese zwei Worte gesagt? Die beiden Leute konnten es nicht gewesen sein. Ich starrte den linken Troll an (und er starrte zurück, jedenfalls sah das für mich so aus, obwohl es ja eigentlich gar nicht sein konnte). „Nimm mich!", hatte er mich angezischt. „Schon viel zu lange warte ich auf *dich*! Nimm *mich*, sonst verfluche ich dich und deine Familie!"
Ich war wie betäubt. Das konnte doch gar nicht sein! Wo war denn hier die versteckte Kamera?

„Komm Matti, wir gehen", sagte meine Mutter. Die Worte kamen irgendwie von ganz weit weg. Sie hatte den rechten Gnom bereits auf den Wagen gestellt.

„Aber Mama," sagte ich, „schau doch mal, der hier hat einen viel freundlicheren Gesichtsausdruck!" Bis heute weiß ich nicht, wie ich so etwas sagen konnte!

Obwohl ich ja fast 13 Jahre alt bin, hat mir dieses blöde Viech Angst gemacht. Cassie und ich haben einfach zu viele Geschichten über Drachen, Zauberer, Feen, Elfen und Zwerge gehört. Oft sitzen wir in ihrem Zimmer auf dem Sofa und hören fantastische Geschichten. Wenn wir uns tief genug in eine Geschichte hinein denken, kann es schon mal passieren, dass die Gardine für mich zum wilden Drachen wird oder ich sehe Elfen, die auf dem Regal tanzen. Aber seit diesem Tag habe ich keine Hörspiel-CD mehr gehört!

Ich weiß noch, wie ich Mama überzeugen wollte. „Ach bitte Mama, ich finde den hier wirklich schöner. Außerdem sieht er doch mit seinen neun Zehen viel authentischer aus. Vielleicht hat ihm ein anderer Troll aus der Unterwelt während eines Kampfes den Zeh abgebissen!" Meine Mutter kennt natürlich Cassies und meine rege Phantasie, schließlich ist sie es, die die meisten CDs für uns aussucht. Wortlos tauschte sie die Gnome aus, wir bezahlten und fuhren nach Hause.

Bis zur Bescherung hatte ich dieses blöde Viech eigentlich vergessen. Meine Großeltern und Findus waren da, wir haben „heißen Stein" gemacht und all′ meine Wünsche wurden erfüllt. Mit Cassie zusammen bekam ich die Wii, tolle Klamotten, CDs und Bücher. Mama hatte den Troll nicht richtig eingepackt, sie hatte ihm nur einen roten Leinensack übergestülpt, der aber seine Füße nicht bedeckte, weil er zu klein war.

Und so sah ich sie wieder, die *neun Zehen*.

Mein Vater freute sich sehr über diesen „guten Hausgeist", wie er ihn nannte. Findus und Pettersson fanden ihn faszinierend. Minutenlang beschnüffelten sie ihn und ließen ihn den ganzen Abend nicht aus den Augen. Seitdem steht dieser blöde „Hausgeist" neben unserem schönen Tannenbaum im Wohnzimmer. Vorhin beim Wii spielen hatte ich schon wieder das komische Gefühl, dass er mich anstarrt.

Klein, grau, hässlich, mit fast waagerechten spitzen Ohren und riesigen Glubschaugen sitzt er da uns starrt mich an, obwohl es nicht sein kann.

Samstag, 2. Januar

16.20 Uhr
194 Tage

Wir gehen heute Abend vielleicht ins Kino. Und rate mal, wo der blöde Troll seit gestern steht: Draußen vor der Eingangstür! Mein Vater meinte, dass ein guter Hausgeist seinen Platz vor der Tür hat. Um böse Geister vom Haus fern zu halten. Endlich kann ich mich wieder unbeobachtet im Wohnzimmer bewegen!

Sonntag, 3. Januar

11.40 Uhr
193 Tage

Gerade ist wieder etwas *unglaubliches* passiert!
Alles fing damit an, dass meine Mutter uns rief. „Cassandra, Mathilda, einer von euch räumt die Küche auf, der Andere bürstet Pettersson!" Das ist mal wieder typisch für sie, wenn sie Stress hat, muss sie uns auch beschäftigen, obwohl doch Sonntagvormittag ist. Mama kann es einfach nicht ertragen, wenn wir rumhängen und sie putzt, wäscht oder bügelt. Papa, der Sonntagsmorgens gerne vor dem Computer sitzt

oder in aller Ruhe seine Sonntagszeitung liest, bekommt das dann auch immer zu spüren. „Floer", rief sie, „du könntest die Garage aufräumen!" Ich konnte ihn in dem Augenblick zwar nicht sehen, aber ich wusste, er verdreht die Augen. Auch Papa liebt seine sonntägliche Ruhe, aber er liebt meine Mutter mehr. Pettersson lag auf seiner Decke und kaute an einem Büffelhautknochen. „Komm, wir zwei gehen vor die Haustür und ich bürste dich." So etwas muss man ihm nicht zweimal sagen. Er liebt es gekämmt zu werden und folgte mir mit wedelndem Schwanz. „Mensch, aus dir kommt aber wieder eine Wolle heraus. Kein Wunder, ich bin ja auch die einzige in diesem Haushalt, die dich kämmt." Pettersson streckte mir sein Hinterteil entgegen und konnte gar nicht genug davon bekommen.

Dann war auf einmal diese Stimme wieder da!

„Trag mich zum Teich!"

Mein Herz schlug mir bis zum Hals, vor Schreck habe ich die Hundebürste fallen gelassen. Pettersson fletschte die Zähne, senkte angriffslustig seinen Kopf in Richtung des Gnoms, bekam einen Kamm im Nacken, der kerzengerade über seinen Rücken verlief und war

drauf und dran, in dieses steinerne Monster zu beißen. Mit ängstlicher, panischer Stimme sagte die Figur dann: „ Nimm den Hund weg oder ich verfluche dich und dieses Haus!"
Ich stand so unter Schock, dass ich nicht weglaufen konnte.

„Nimm jetzt endlich den Köter weg oder du wirst es bereuen!"
Langsam kam ich wieder zu mir, schleifte Pettersson am Halsband, immer noch kläffend, ins Haus und schmiss die Tür ins Schloss. Dafür bekam ich dann noch einen Rüffel von meinen Eltern. Schönen Dank auch! Jetzt ist definitiv der Zeitpunkt gekommen, nie wieder irgendwelche fantastischen Geschichten zu hören oder sie im Fernsehen anzuschauen.
Ich bilde mir die Stimme ja schon so stark ein, dass der Hund sie auch hört. Ist das überhaupt möglich?
Also, irgendwie habe ich Angst vor diesem Hausgeist.

Mittwoch, 06.01.

14.40 Uhr
noch 190 Tage, ich wünschte, es wäre
morgen

Gerade hat Sophie angerufen, sie wollte, dass ich zu ihr komme. Aber ich habe abgesagt. Mensch, so ein Ärger. Ich wäre so gerne zu ihr gegangen. Leider traue ich mich nicht an diesem blöden Hausgeist vorbei. Morgen beginnt die Schule wieder und dann muss ich an ihm vorbei. Pettersson macht jedes mal einen großen Bogen um ihn. Vielleicht sollte ich meine Eltern überzeugen, wie gut der hässliche Steingeist am Gartenteich aussieht. Obwohl – das wäre gelogen, denn unser Teich ist mein Lieblingsplatz im Garten. Meine Mutter hat ihn wunderschön gestaltet. Um den Teich und zwischen den Wasserpflanzen stehen zwei Elfenköpfe aus Ton, drei Salamander aus Metall und eine Tonschlange, die wie das Ungeheuer von Loch Ness aussieht. Von vorne ist er durch Steine, von hinten und an der rechten Seite durch Wasserlilien und Sumpfdotterblumen begrenzt. Hinter den Teichpflanzen wachsen verschiedene hohe Gräser und Bambus. Einfach wunderschön! Das allerschönste sind aber die vielen, vielen

Muscheln rund um den Teich. In den vergangenen Föhr-Urlauben haben Mama, Cassie und ich Unmengen von Herzmuscheln und Schneckenhäusern am Strand gesammelt und mitgebracht. Von meinem Onkel haben wir sogar zwei riesige Muscheln aus der Karibik. Nicht zu vergessen sind die vielen Goldfische und mein schöner Koi.
Morgen beginnt die Schule und ich muss an dem Blödmann vorbei! Was mache ich bloß?

Donnerstag, 07.01.

189 Tage

Heute Morgen wäre ich fast mit meinem Fahrrad über den Gnom gefallen. Total sauer und aufgebracht sagte ich zu Papa: „Kannst du deinen Gnom nicht endlich zum Teich bringen?!? Hier steht er doch nur im Weg!" Zum Glück hat mein Vater den Wunsch erfüllt. Als ich von der Schule kam, war der Gnom weg.

Ich ging sofort ins Wohnzimmer, von da hat man den besten Blick auf den Teich. Ja, da steht er und blickt auf das Wasser! Dem Himmel sei DANK!

Dienstag, 19.01.

Noch 177 Tage

Es passiert nichts aufregendes. Am Wochenende war ich auf einer Party bei Melanie aus meiner Klasse eingeladen. War aber total öde. Morgen schreiben wir noch eine Deutscharbeit.

Samstag, 30.01.

Noch 166 Tage

Gestern gab es Zeugnisse, ich kann nicht klagen. Ist alles im grünen Bereich. Meine Eltern haben uns erlaubt, über Karneval auf einen Ponyhof in die Nähe von Münster zu fahren. Cool!! Cassie und ich freuen uns total.

17.02.
Aschermittwoch
148 Tage

Auf dem Ponyhof war es super. Total super. Mein Pony, es hieß Mogli, war so lieb. Es gab ca. 70 Ponys dort, wir mussten sie selber füttern und striegeln. Wir haben noch mit zwei anderen netten Mädchen auf einem Zimmer geschlafen. Sonst gibt es nichts Neues. Ich weiß nicht, was ich Cassie zum Geburtstag schenken soll. Ich weiß aber schon, was ich mir zum Geburtstag wünsche: die neue Lady Gaga-CD, eine Sporttasche (meine alte ist nämlich noch von der Grundschule), einen Anhänger für mein Bettelarmband und vieles, vieles mehr. Na ja, ich muss mich aber wohl noch ein wenig gedulden. Bis zu meinem Geburtstag am 10. Juli dauert es ja noch ewig.
Nächsten Monat ist erst mal Cassie dran.

Sonntag, 21.03.

Noch 116 Tage

Gestern hatte Cassie Geburtstag. Sie ist 11 Jahre alt geworden. Ich habe ihr Ohrringe geschenkt. Sie liebt Ohrringe über alles. Von meinen Eltern bekam sie ein neues Fahrrad. Cassies Patentante hat ihr einen neuen Goldfisch geschenkt. Eigentlich hatte sie auch einen Koi, aber den hat im letzten Herbst der Reiher geholt. Sie freut sich tierisch über ihren neuen Fisch! Sie hat ihn „Sun" genannt. Weil sie findet, dass er wie die untergehende Sonne leuchtet. Ich habe auch schon drei Jahre einen Fisch, einen Tancho-Koi, der ist hauptsächlich weiß mit einem ovalen roten Fleck auf dem Kopf. Meiner heißt Dance. Ich denke, es ist ein weiblicher Fisch, sie tanzt so wunderschön durchs Wasser. Am Nachmittag waren Cassies Freunde da und mein Vater hat abends sogar noch für uns gegrillt. Das erste Mal in diesem Jahr. Wenn es nach Papa ginge, könnten wir jeden Tag grillen.

Freitag, 26.03.

Noch 111 Tage

Seit ihrem Geburtstag sagt Cassie mindestens einmal am Tag: „Komm Matti, wir gehen die Fische füttern!" Vorhin bin ich alleine, also nur mit Pettersson, zum Teich gegangen, weil Cassandra bei einer Freundin ist.

Ich wäre vor Schreck fast ins Wasser gefallen, der blöde Gnom hat mich angeschrien: „Himmeldonnerwetternochmal! Nachdem ich dich endlich gefunden habe, lässt du mich hier monatelang sitzen! Wir brauchen deine Hilfe!" Pettersson stand sofort wieder zähnefletschend vor dem Steinmonster. Ich wollte weglaufen, aber meine Beine gehorchten mir nicht. Stumm starrte ich auf das Monster. „Nimm den Köter weg!", schimpfte der Gnom. Es war ein ängstlicher Tonfall in seiner Stimme. Pettersson machte offensichtlich *ihm* Angst und das machte *mich* mutig. „Du bist doch aus Stein, wieso kann ich deine Stimme hören?", hörte ich mich zweifelnd sagen.

„Ich bin nicht aus Stein, der Stein ist mein Gefängnis! Nimm den Köter endlich weg!" „Hör mal gut zu", sagte ich, „Pettersson ist kein Köter, sondern mein Freund!"

„Pettersson, komm zu mir, so ist es brav. Mach Platz!" Pettersson legte sich folgsam, aber immer noch mit aufgestellten Nackenhaaren, neben mich.

Die Helden in den Geschichten, die ich kenne, fragen die Bösewichter immer, woher sie kommen und was sie wollen. Warum kann ich keine Heldin sein? Ich versuchte krampfhaft zu überlegen, zu welcher Geschichte das hier wohl alles gehört. Aber ich wurde unterbrochen, denn ich hörte jetzt eine zweite Stimme: „Bitte fang endlich an, ihr alles zu erklären, sonst tue ich es. Es sind schon zu viele trostlose Jahre vergangen!" Die Stimme kam aus dem Teich und dann war nur noch das Plätschern des Wassers zu hören. War ich jetzt komplett verrückt?

„Wer war das denn jetzt? Bist du etwa nicht alleine?" Mein Mut von vorhin verließ mich nämlich gerade wieder. Ängstlich schaute ich mich um. Da sprach der Gnom wieder: „Ich bin Berthold, der treue Diener des Junkers von Waldenburg!"
„Junker? Diener? Burg? Ich verstehe nur Bahnhof!", sagte ich. „Bahnhof? Kenne ich nicht." Jetzt sprach wieder der Gnom. „Mein Herr heißt Kurt von Waldenburg und er ist hier. Hier in diesem Teich. Du hast doch gerade seine Stimme gehört." Ungläubig schaute ich in das Wasser. Ein Junker von Waldenburg sollte hier in unserem schönen Teich sein? Obwohl, aber, was war überhaupt ein Junker? Vielleicht eine besondere Froschart? Irgendwo habe ich das Wort schon einmal gehört. Aber wo?
„Was ist denn ein Junker?", fragte ich.

„Waaaas? Du weißt nicht, was ein Junker ist? Du als junges Fräulein musst das doch wissen! Ein Junker ist ein junger Herr mit vornehmer Abstammung!"

„Aha", sagte ich. Mein Blick wanderte von dem Steinmonster zum Grund des Teiches. Das Wasser war wie immer glasklar, man konnte bis zum Boden sehen. Aber außer unseren Fischen und ein paar Schnecken konnte ich nichts lebendiges entdecken. Und schon gar keinen Junker! „Na, siehst du ihn denn nicht, Fräulein, der schöne Fisch mit dem roten Fleck auf dem Kopf!" „Was, nein, das kann nicht sein!", hörte ich mich sagen. „Das ist Dance, mein Koi. Ich habe ihn vor drei Jahren in einer Zoohandlung gekauft." Außerdem dachte ich still bei mir, ist Dance ein Mädchen. Sie tanzt doch immer so elegant und schön durchs Wasser, deswegen habe ich sie doch „Dance" genannt. Und Dance soll ein Junker sein?

Tausend Fragen schossen durch meinen Kopf! Hatte ich Fieber? In welcher Geschichte bin ich? Wie kommt ein Junker in unseren Teich? Mein Fisch soll ein vornehmer Herr sein? Mir wurde ganz schwindelig.

„Mathilda, Mathilda von der Muschel… Mathilda!" Langsam kam ich wieder zu mir.

„Woher weißt du eigentlich meinen Namen? Alle nennen mich nur Matti! Und wieso nennst du mich *Mathilda von der Muschel*?"

„Wir haben lange…, lange…, viel zu lange auf Dich gewartet." Der Steingnom sah jetzt besonders traurig aus, jedenfalls bildete ich mir das ein. „Ich will dir alles erklären. Ich bin Berthold, geboren 1095. Mein Herr heißt Kurt von Waldenburg. Seine Gemahlin ist die holde Adelheid von der Kitschburg.

Das junge Burgfräulein Adelheid von der Kitschburg hatte viele Verehrer und viele begehrten sie, nicht zuletzt ob ihrer Schönheit, zur Gemahlin. Auch der bucklige *Conradus ab Wanda*, der mit seiner Mutter, einer uralten warzigen Kräuterhexe auf der Burg Wanda wohnte, warb um sie. Aber Adelheid nahm meinen Junker zum Gemahl und am Tage der Sommersonnenwende wurde Hochzeit gefeiert.

Der bucklige Conradus jedoch schwor dem glücklichen Paare schlimme Rache, weil Adelheid ihn abgewiesen hatte. Ein Jahr waren mein Herr und seine Adelheid glücklich vereint und lebten zufrieden auf der Kitschburg mit den vielen Türmen. Den Schwur von Conradus hatten sie längst vergessen.

Unter dem hinterhältigen Vorwand, sich mit Adelheid und Kurt, meinem Herrn, zu ihrem ersten Hochzeitstage zu versöhnen, hatte Conradus sie zu einem Festmahle auf seine Burg geladen. Ich habe sie mit der Kutsche dorthin gebracht. Kaum hatten wir die Brücke der Wasserburg aber erreicht, verdunkelte sich der Himmel, kein Zwitschern eines Vogels war mehr zu hören.

Immer noch nichtsahnend, stiegen Adelheid und Kurt aus der Kutsche aus. Da stürmte hinter einer riesigen alten Kastanie der bucklige Conradus mit seiner warzigen Hexenmutter auf uns zu. Conradus kannte ich vom Sehen und wusste von seiner merkwürdigen verwachsenen Gestalt. Er hatte einen riesigen Buckel auf dem Rücken. Dadurch sah es so aus, als wenn sein Kopf nicht auf seinen Schultern saß, sondern wie bei einer Schildkröte nach vorne geschoben. Das Aussehen seiner Mutter aber verschlug mir die Sprache. Wie konnte sie so schnell auf uns zukommen?

Sie musste mindestens einhundert Jahre alt gewesen sein. Zwischen ihren faltigen Lippen schaute ein einsamer schwarzer Zahn hervor. Ihre Ohren und ihre Stirn waren mit Warzen übersäht. Ihre Kleider waren Lumpen und Ihre Finger waren lang und dünn, wie die Beine von Spinnengetier. In einer Hand hielt sie wunderschöne gelb-rote Blumen. Das passte so gar nicht zu ihrer Erscheinung. Ihre fast hüftlangen, weißen, dünnen Haare sahen aus, als würden sie sich bewegen. Und ich glaubte, lange, dünne Würmer in ihren Haaren gesehen zu haben. „Jetzt seid ihr mein und mein Schwur wird wahr! Hört die Worte meiner Mutter!" Diese ächzte wie ein alter Baum und schleuderte mit ihrer freien Hand Blitze auf meinen Herrn und seine Gemahlin. Wie festgewachsen standen sie im Vorhof der Burg und regten sich nicht. Den Fluch höre ich noch heute in meinen Ohren:

„In getrennten Elementen,
und doch an einem Ort,
sollt ihr leben.
Nur Mathilda von der Muschel kann euch in einem Element vereinen.
Einer muss springen,
durch den brennenden Kranz,
gebunden aus den Wurzeln der Hexenblume,
angezündet mit dem Zweig dieser Kastanie,
in Gegenwart dieses Gemäuers,
und nur in dieser Nacht einer Dekade.
Aber eure menschliche Gestalt werdet ihr nie…"

Ich musste die Alte daran hindern, diesen Satz zu beenden. Nichts hielt mich mehr auf meinem

Kutschbock, ich sprang herunter und stürmte auf die Hexe zu.

Aber plötzlich tauchte aus dem Nichts ein riesiger grau brauner Wolf mit gefletschten Zähnen und kalten blauen Augen auf. Er stellte sich zwischen mich und die Hexe.

Die Alte krächzte: „Dich habe ich ja ganz vergessen!" Minutenlang starrte sie mich mit zusammen gekniffenen Augen an. „Du wirst der stumme Diener deines Herren werden, mit riesigen Ohren, damit du alles hörst. Und Flügel sollst du haben, damit deine Gedanken fliegen können. Aber deine Flügel werden schwer sein! Und traurig wirst du auf deinen Herrn hinabblicken und nur die Auserwählten werden deine Stimme vernehmen können!"

Damit schleuderte sie auch mir Blitze entgegen. Ich merkte, wie mein Körper sich veränderte. Alles schrumpfte an mir, nur meine Ohren wuchsen. Die Schmerzen in meinem Rücken waren unbeschreiblich.

Kannst du dir vorstellen, wie es ist, wenn dein Rücken aufbricht und dir Flügel wachsen? Gleichzeitig merkte ich, wie alles an mir starr und kalt wurde. Die Verwandlung begann am Kopf und setzte sich über meinen Rumpf bis hin zu meinen Füßen fort. Kurz vor Vollendung der Starre wurde der Wolf ungeduldig und sprang auf mich zu. Er erwischte nur noch meinen kleinen rechten Zeh. Der Schmerz war unerträglich, aber ich konnte nicht laut schreien. Alles aus mir war zu Stein geworden.

Mein Herr und seine Gemahlin mussten jedoch mein stummes Wehrufen vernommen haben, denn plötzlich kamen sie wieder zu sich und liefen in Richtung Zugbrücke. Erneut schleuderte die Hexe ihre Blitze auf die beiden, dabei fielen ihr die wunderschönen Blumen aus der Hand.

„Hier gebliebcn, ihr jämmerlichen Kreaturen!", krächzte sie. „Mit euch fange ich jetzt erst an! Du, mein Täubchen", sie wandte sich an Adelheid, „du verabscheust die Dunkelheit, so wurde mir berichtet. So soll denn die Nacht deine einzige Freundin werden! Der feine Herr Junker soll glitschig in den Tümpeln herumirren! Aber für euch wird es keinen Tod geben. Eure Seelen werden durch die Jahrhunderte leben. Ihr müsst dennoch auf der Hut sein, denn wenn euer Körper verbraucht ist, so müsset ihr einen neuen finden. Sonst wandern euere Seelen alleine und ihr könnt euch nicht mehr finden!"

Wieder fuhren Blitze aus ihrer Hand. Im nächsten Moment waren mein Junker und seine Gemahlin verschwunden. Ihre Kleider fielen wie leere Hüllen zu Boden. Aus Adelheids Gewand flatterte eine kleine, verängstigte Fledermaus, die nicht recht wusste, wohin sie sollte und kreiste über dem Vorhof. Dann rief die böse Alte ihrem treuen Diener zu: „Wolf, bringe er den Junker in den Burggraben! Und du Conradus, mein Söhnchen, trage den hässlichen Knecht der beiden auf die Brücke des Burggrabens!"

Und so geschah es! Ich sah noch, wie Wolf in den Kleidern meines Herrn herumwühlte und vorsichtig mit der Schnauze etwas aufnahm. Der Bucklige trug mich zum Burggraben. Als in der Burg alles still geworden war, gesellte sich Adelheid zu mir. Sie konnte meine und ich ihre Stimme hören. Wir machten uns große Sorgen um Kurt, denn keiner von uns wusste, was aus ihm geworden war.

Obwohl Fledermäuse nicht weinen können, lief doch eine einsame Träne aus ihrem winzigen Auge. Wir tauschten unsere Gedanken und Ängste aus, als plötzlich ein Fisch aufgeregt an die Oberfläche des Wassergrabens schwamm. Auch seine Stimme konnten wir hören. Es war Kurt. All dies ereignete sich im Jahre des Herrn 1110."

Die Traurigkeit seiner Stimme war für einen Augenblick verschwunden und er schwieg.

„Bitte erzähl mir mehr, das ist ja wahnsinnig gut! So eine spannende Geschichte habe ich lange nicht gehört!" Mit verärgerter Stimme blaffte mich der Gnom wieder an. „Das ist keine *Geschichte*, glaube mir doch! Das ist die Wahrheit!"

Ich schaute auf Pettersson, der neben mir im Gras lag. „Hast du Angst vor meinem Hund, weil der Wolf dir den Zeh abgerissen hat?" „Erinnere mich nicht daran, es schmerzt mich heute noch!", antwortete der Gnom Berthold.

Jetzt meldete sich auch Dance zu Wort, nein, ich meine natürlich den *Junker von Waldenburg*. „Mathilda von der Muschel, du musst doch die Kitschburg kennen, nachts ist sie immer hell erleuchtet mit vielen Fackeln, und die schreckliche Burg Wanda..." Weiter kam er nicht, meine Schwester kam auf uns zugelaufen.

„Mensch, Matti, seit fünf Minuten klingle ich Sturm, und du machst nicht auf! Ich bin jetzt über das Gartentörchen geklettert. Komm jetzt, es fängt gleich an zu regnen. Und außerdem müssen wir noch die Spülmaschine ausräumen."

Der Einzige, der sich über Cassandras plötzliches Erscheinen freute, war Pettersson. So ein Mist, hätte sie nicht 10 Minuten später kommen können? Um mich abzulenken, fragte ich sie: „Na, wie war´s beim Klavierunterricht?" „Toll," antwortete Cassie, „ich lerne jetzt ein Lied von den Beatles."

Also, ich kann immer noch nicht glauben, was ich heute Nachmittag erlebt habe. Ich wusste nicht, dass Tagebuchschreiben so *spannend* sein kann!

Sonntag, 28.03.
13.45 Uhr
109 Tage

Was soll ich bloß machen? Die Osterferien haben begonnen, und ich kann mich gar nicht freuen. Das ganze Wochenende schon kreisen meine Gedanken um Adelheid, Kurt und Berthold. *Bin ich verrückt geworden?* Bilde ich mir das alles nur ein? Hoffentlich liest nicht einer mein Tagebuch, ich werde es ab jetzt immer verstecken. Nachts flattern Fledermäuse durch meine Träume, Koi schwimmen an mir vorbei und Berthold schaut mich mit seinen großen traurigen Augen an. Ich wünschte, ich könnte mit jemandem darüber reden, der mir sagte: Alles ist gut, das hast du dir nur eingebildet. Was mich ganz irritiert, ist das Verhalten von Pettersson. Er reagiert auch auf die Stimmen, wie ist das möglich? Ich muss es jemandem erzählen. Vielleicht rufe ich Sophie an, obwohl sie für fantastische Geschichten nichts übrig hat. Sie liest lieber Krimis. Moment, lass mich mal überlegen. Sophie, wohnt sie nicht in der Kitsch…

Vorhin habe ich erst mal gegoogelt. Nämlich *Kitschburg*. Sophie wohnt in der *Kitschburger* Straße. Irgendwo haben doch Namen ihren Ursprung.

Im Internet stand:

Kitschburg – Ferienhaus
Köln Lindenthal Hof Kitschburg
Sagen aus dem Porzer Raum
Die Kitschburg bei Lind…

Sofort klickte ich die Seite an, meine Augen verschlangen die Wörter:

Die Kitschburg bei <u>Lind</u> (Lind)

Vor vielen hundert Jahren stand bei dem Dorfe <u>Lind</u>, wo damals fruchtbare Felder lagen, jetzt aber nur Moräste sind, eine Burg mit hohem Turme, die Kitschburg. Hier wohnte ein tapferer Rittersmann, ein guter Freund des Kaisers Barbarossa. Als dieser zum Heiligen Kriege zog, rüstete auch der Kitschburger zum Kreuzzuge und ließ daheim sein einzig Kind Adelheid in Schutze seiner Diener zurück. Sein Weib war ihn schon früh gestorben. Nach vierzehn Monden kehrte der Graf siegreich zurück, beladen mit

Kriegstrophäen. Und nun wurden auf der Burg frohe Feste gefeiert, und Jungfräulein Adelheid bewirtete alle Gäste auf das beste.

Mancher der tapferen Ritter begehrte sie zum Gemahl. Doch sie war nur einem gut, dem Junker von Waldenburg, und zur nächsten Sonnenwende sollte schon die Hochzeit sein. Aber der Ritter Conradus ab Wanda, den das Burgfräulein abgewiesen, schwur dem glücklichen Paare schlimme Rache.

Adelheid… Junker von Waldenburg… Ich kann es nicht fassen!

Aber was ist mit Burg Wanda? Im Internet konnte ich nichts darüber finden. Seite um Seite habe ich mir angeschaut. *Nichts.*

Draußen regnet es in Strömen. Es würde auffallen, wenn ich jetzt zum Teich ginge. Aber ich *muss* mit jemandem darüber reden, sonst werde ich wirklich noch verrückt!

Immer noch Sonntag
22.10 Uhr

Ich habe vorhin Cassie alles erzählt.

Wir haben uns in ihrem Zimmer aufs Bett gesetzt und im Flüsterton berichtete ich ihr alles, was ich wusste. Nicht einmal hat sie mich unterbrochen. Dann stand sie auf und ging ins Wohnzimmer. Ich folgte ihr. Dort schauten meine Eltern gerade die Nachrichten.

Cassie starrte aus dem Fenster auf den Teich. Es regnete immer noch. „Na, ihr zwei, was gibt es denn da draußen?", wollte meine Mutter wissen. „Ich muss über die Ferien einen Zwerg für Kunst malen, deshalb wollte ich mir ein paar Anregungen bei dem hässlichen Gnom holen!" Cassie konnte tatsächlich lügen ohne rot zu werden. Jetzt mischte sich auch Papa ein. „Er ist nicht hässlich, Cassie! Er ist unser guter Hausgeist!"

Es war ja bereits dunkel, aber wir haben ein paar Solarleuchten am Teich stehen und so kann man Berthold auch bei Dunkelheit gut sehen.

Minutenlang starrte meine Schwester den Gnom an. Dann fragte sie so leise, dass nur ich es hören konnte: „Bist du sicher?"

Ich nickte stumm.

Montag, 29.03.
9.00 Uhr

Meine Eltern sind, wie gewöhnlich, gegen 8.30 Uhr zur Arbeit gegangen. Und wir, wir haben ja Ferien. Eigentlich wollte ich heute mit Sophie nach Köln shoppen fahren. Aber ich habe gar keine Lust mehr. Ich werde sie anrufen und ihr sagen, dass ich Magen-Darm habe. Dann ekelt sie sich und will sowieso die nächsten Tage nichts mit mir zu tun haben. Cassie drängt mich, mit ihr

an den Teich zu gehen. Ehrlich gesagt, ich konnte
die ganze Nacht nicht schlafen.

17.30 Uhr

Cassie und ich nahmen uns zwei Gartenstühle
und stellten sie dicht an den Teich. Es fiel uns
schwer zu glauben, dass mein Koi ein
verwunschener junger Mann sein sollte. Die
Minuten vergingen, wir schauten Berthold an und
den Koi, aber keiner sagte etwas. „Matti, bist du
sicher, du hast dir das nicht alles eingebildet?",
fragte meine Schwester. „Aber nein, ganz
bestimmt nicht." Ich richtete den Blick auf den
Gnom. „Berthold, jetzt rede doch bitte mit uns!
Du weißt doch, dass Cassie meine Schwester ist.
Ich habe ihr alles erzählt. Wir wollen euch
gemeinsam helfen!"
Jetzt meldete sich der Koi. „Berthold, erzähl
ihnen, was du noch weißt, sie sind die einzigen,
die uns helfen können!" „Aber Herr, die
Schwester, sie wurde im Fluch nicht erwähnt!",
gab Berthold zu bedenken. „Wenn sie unsere
Stimmen hört, gehört sie auch zu den
Auserwählten, wie der Hund!", sagte Kurt.
„Kannst du sie hören?", fragte ich Cassie. Sie
nickte und konnte es wohl selbst kaum glauben.
Jedenfalls machte sie ein ziemlich verdattertes

Gesicht. „Ja…, ja ich kann euch hören.", sagte meine Schwester. Und Pettersson, der neben mir im Gras lag, bellte auch ein Mal laut. „Also, wie soll es jetzt weiter gehen?", fragte ich die beiden Verwunschenen. Kurt antwortete. „Jahrhunderte haben ich, Adelheid und auch Berthold gewartet, um dich, Mathilda von der Muschel, kennen zu lernen. Wir brauchen dich, damit du uns in einem Element vereinst", sagte der Koi. Ich zweifelte ein wenig.

„Aber woher willst du wissen, dass ich die Richtige bin?" Jetzt meldete sich auch Berthold wieder. „In all den endlosen Jahrzehnten und Jahrhunderten habe ich nicht einmal den Namen Mathilda im gleichen Satz mit dem Wort Muschel gehört." „Aber", entgegnete ich, „meine Mutter hat mich im Baumarkt nicht Mathilda, sondern Matti genannt. Sie nennt mich nie Mathilda, es sei denn, ich habe etwas verbrochen oder sie will mir eindringlich etwas sagen. Woher wolltest du also wissen, dass ich es bin?" „Du hast meine Stimme gehört, kein anderer außer Kurt und Adelheid haben seit dieser schrecklichen Nacht meine Stimme vernommen!" sagte Berthold.

„Du warst richtig eklig zu mir."

„Es tut mir in der Seele weh, ich bedaure es zutiefst, ich hatte so unendliche Angst." Berthold klang absolut ehrlich. „Angst, dass ihr nicht mich, sondern die andere Steinfigur mitnehmt. Als mir klar wurde, du hörst meine Stimme, musste ich blitzschnell überlegen, wie ich dich überreden könnte, mich und nicht das andere Standbild zu erwerben."

„Wie bitte?" Ich war sauer. „Überreden? Du hast mich bedroht! Du wolltest meine ganze Familie verfluchen!" Cassie fragte: „Kannst du das überhaupt? Verfluchen? Ich meine... du bist doch selber... *verflucht*!" „Nein", antwortete der treue Diener, „ich kann gar nichts." Berthold hörte sich wieder unendlich traurig an. „Noch nicht einmal schwimmen wie ein Fisch oder fliegen wie eine Fledermaus."

„Wo ist die Fledermaus überhaupt?", wollte ich wissen. Kurt meldete sich jetzt. „Die wunderschöne Adelheid hält in dem Nistkasten in der Buche ihren Winterschlaf."

Die Buche steht etwa 10 Meter vom Teich entfernt und ist unser ältester und schönster Baum im Garten. Sie ist mindestens 40 Jahre alt und bietet den Tauben und Raben immer einen guten Rastplatz. Auch die Eichhörnchen lieben sie, weil sie dort immer klettern können und im Herbst jede Menge Bucheckern finden, die sie auf unserem Grundstück dann vergraben können. Sehr zum Ärger von meinem Vater. Papa freut sich im Frühjahr immer über die vielen kleinen

Buchensprösslinge im Rasen... Aber auch er liebt den Baum. Er sagt immer, es ist erst Frühling, wenn die Buche wieder in ihrem grünen Kleid dasteht. Und das war jetzt seit ein paar Tagen der Fall.

„Es kann aber nicht mehr lange dauern, bis Adelheid wieder aufwacht", erzählte Kurt weiter.

„Ich würde ja zu gerne wissen, was ihr die ganzen Jahrhunderte gemacht habt!?!" Cassie sagte das ein bisschen forsch.

„Also," begann Berthold, „bei mir war das so: Die ersten paar Jahre saß ich auf der Brücke, schaute in den Wassergraben und war glücklich. Tagsüber konnte ich meinen Herrn Kurt sehen und nachts umflatterte die Maid Adelheid mich. Ich war nie allein. Aber eines Abends in der Dämmerung nach einem wunderschönen sonnigen Tag habe ich nur noch leiser werdende Schreie von meinem Herrn gehört. „Berthold, Adelheid! Berthold... Adelheid..."

Dann kehrte Ruhe ein. Auch Adelheid hatte diese Schreie gehört. Wir berieten uns darüber, was zu tun sei. Aber eigentlich stand es schon fest: Sie musste ihn suchen und mich alleine zurück lassen.

Verlassen, einsam und kalt stand ich von nun an auf der Brücke. Nie habe ich aufgehört, ihre Namen zu rufen, der Schmerz des Alleinseins war einfach unerträglich. Nicht einmal die Verwandlung tat so weh. Das war schlimm. Es kam jedoch noch ärger.

Ein betrunkener Ritter hat mir in seinem Suff einen Fußtritt gegeben und ich fiel in den Morast des Wassergrabens. In all den Jahrhunderten, in denen ich dort regungslos lag, wünschte ich mir nichts sehnlicher, als dass ich sterben könnte. Das Herz, welches in meinem Steingefängnis schlägt, sollte aufhören, seine Dienste zu tun. Aber den Gefallen tat es mir nicht. Meine Gedanken waren frei wie ein Vogel und konnten fliegen. Aber ich war lebendig begraben unter dem Dreck der Jahrhunderte. Das Schlimmste war und ist die Kälte in mir. Erst vor sehr, sehr kurzer Zeit wurde ich bei Arbeiten, die an der Burg durchgeführt wurden, entdeckt. Man fand mich ´hässlich´. Das war das erste Wort, welches ich seit Jahrhunderten gehört hatte."

Berthold schluckte.

„Von mir fertigte man Unmengen von Abbildern. Gemeinsam wurden wir dann dorthin gebracht, wo ich dir begegnet bin. Als ich *Matti* und *Muschel* hörte, wusste ich: jetzt ist die Zeit des Wartens vorbei!"

„Wie ist es dir all die Zeit ergangen, Herr Junker von Waldenburg?", wollte ich wissen.

Es dauerte eine Weile, bis Kurt antwortete. „Ich erinnere mich gut an den Tag, als ich meinen treuen Diener Berthold das letzte Mal sah. Ein Reiher kam des Weges und wollte mich verschlingen. Er hatte mich mit seinem Schnabel gepackt. Mit allen Flossen habe ich mich dagegen gewehrt, dass er mich verschluckt. Und tatsächlich, ich habe es geschafft. An einer überfluteten Aue konnte ich ihm aus dem Schnabel entfleuchen.

Der große Vogel hatte mir jedoch mit seinem Schnabel sehr arg zugesetzt und ich musste mich beeilen, einen neuen Fischkörper zu finden. Ich habe aufgehört, zu zählen, in wie vielen Fischen ich seither gelebt habe. Die meiste Zeit brachte ich im großen Fluss Rhenus zu, mal als kleiner, mal als großer Fisch. Was für ein Glück ich doch im Gegensatz zu Berthold hatte. Es gab immer wieder kurze Zeiten, in welchen ich meine Liebste wiedersah. Aber so unverhofft wir uns auch fanden, so schnell haben wir uns auch jedes Mal wieder aus den Augen verloren. Die Strömung trieb mich bald hierhin, bald dorthin. Oft fürchtete ich, gefressen zu werden, oder nicht rechtzeitig einen neuen jungen Körper zu finden, wenn bei meinem bisherigen Leib die Kräfte nachließen."

Kurt schwamm eine Runde durch den Teich und fuhr dann fort.

„Vor gar nicht all zu langer Zeit hatte ich die Gestalt eines Karpfens, als ich mit ganz vielen bunten und fremdartigen Fischen in einem riesigen Becken zusammengepfercht war. Die Wasserqualität war so ungewohnt und mein Körper wurde müder und schwächer. Erst in der allerletzten Minute gelang mir mein Seelenflug in den bunten Fisch, der mir jetzt als Heimat dient. Und dann hast du mich ausgesucht.

Zuerst war ich gar nicht glücklich. Aber dann hörte ich deinen Namen und sah die Muscheln. Nun wusste ich, es kann nicht mehr lange dauern. Von Tag zu Tag wurde ich ungeduldiger. Ich war am richtigen Ort, aber ohne Adelheid und meinen treuen Diener.

Nun war ich es, der rief.

Tagsüber schrie ich Bertholds Namen in die Welt, in der Dunkelheit rief ich meine geliebte Gattin. Es war in einer lauen Sommernacht, als ich endlich eine liebliche Stimme vernahm, welche meinen Namen rief. Wir hatten uns wiedergefunden: meine Adelheid und ich. Unser Glück war fast perfekt. Und jetzt ist Berthold auch noch bei uns. Wunderbar!"

Kurt sprang fröhlich durch Wasser und schlug Kapriolen.

„Warum hast *du* mich nie angesprochen?", wollte ich von Kurt wissen. „Ich habe dich und die anderen Fische so oft alleine gefüttert. Du hattest so viele Gelegenheiten!"

„Ja, Jungfer Mathilda, glaubst du denn, ich hätte es nicht wieder und wieder versucht? Aber du konntest mich nicht hören. Ich habe dich angeschrien! Aber du hast nicht reagiert!", sagte Kurt. „Es muss an Berthold, meinem treuen und ergebenen Diener liegen. Nur durch seine Gegenwart könnt ihr meine Stimme jetzt hören!"

„Sag mal," sagte Cassie zu mir, „denkst du, Adelheid ist vielleicht eine der beiden Fledermäuse, die wir seit ein paar Jahren bei uns hier im Sommer beobachten?"

„Ja!", sagte Kurt voller Stolz. „das ist meine Adelheid! Fliegt sie nicht elegant und vornehm durch die Lüfte?"

Na ja, elegant und vornehm ist vielleicht etwas anderes, dachte ich. Ich finde, ihren Flug kann man eher mit einem aufgescheuchten Huhn vergleichen.

„Ich kann mein Glück noch nicht fassen, dass ich nach all der trostlosen Zeit bald wieder mit Adelheid vereint…" Mitten im Satz hörte Kurt auf zu reden.

„Wir haben euch ja noch gar nicht gefragt, ob ihr uns helft."

„Klar helfen wir euch! Was für eine dumme Frage!!!", rief Cassie.

Berthold schaute wie immer starr auf den Teich. Aber ich glaubte, ein leises Schluchzen von ihm gehört zu haben.

„Was ist eigentlich mit *dir*, Berthold? Wie wird *dein* Fluch aufgelöst?", fragte ich.

Zum ersten mal entdeckte ich tiefe Falten auf Bertholds Stirn. Komisch, waren die schon immer da? Ich hatte sie vorher noch nie bemerkt.

Weder Kurt noch Berthold sagten ein Wort. Meine Schwester schaute mich an, ging zu Berthold, setzte sich neben ihn auf den Boden, umarmte ihn und sagte: „Sei nicht traurig, kleiner Berti, auch für dich finden wir eine Lösung!"

Plötzlich fiel mir wieder die Burg ein. „Wo soll eigentlich diese Burg Wanda sein? Ich konnte nichts darüber herausfinden. Die Kitschburg war in Lind. Das habe ich gelesen."

Jetzt erzählte der Junker wieder: „Ja, die Kitschburg ist ein herrliches Schloss mit hohen Türmen und wehenden Fahnen. Abends brennen viele Fackeln und erleuchten das Anwesen hell und festlich." Er stockte ein paar Sekunden und fuhr dann traurig fort. „Adelheid hatte immer schon Angst in der Dunkelheit, das hat sich bis zum heutigen Tage nicht geändert. Sie traf der Fluch am schlimmsten. Meine geliebte Adelheid ist in dem Körper eines Tieres gefangen, welches nur in der Dämmerung und des Nachts Nahrung sucht. Dabei hat sie die Sonne mit ihren warmen, hellen Strahlen immer so geliebt!" Er machte eine Pause. Dann besann er sich auf meine Frage. „Burg Wanda ist doch ganz in der Nähe der Kitschburg. Selbst zu Fuß ist sie innerhalb kurzen Weges zu erreichen. Wenn ihr am Schlosstor der Kitschburg steht, geht in Richtung Norden..."

Pettersson stupste mich fordernd mit seiner Schnauze an. Er hatte Hunger. Für heute war es auch genug.

Cassie und ich haben so viele Dinge gehört, die wir nicht verstehen und auch nicht begreifen können. Noch nicht! Den Rest des Nachmittags saßen wir wie betäubt auf dem Sofa im Wohnzimmer und starrten hinaus auf unseren Teich.

22.30 Uhr

Cassie ist gerade in mein Zimmer gekommen. Sie kann nicht schlafen. Manchmal ist es auch schön, eine Schwester zu haben, mit der man abends quatschen kann. Ganz geheuer ist uns beiden nicht. Aber wir sind ja zu zweit. Nein, mit

Pettersson ja sogar zu dritt und das macht uns gegenseitig Mut.

Ist das alles ein Traum, eine Geschichte, eine Halluzination? Oder sind wir, und ganz besonders ich, *die Auserwählten*?!?

Dienstag, 30.03.
17.15 Uhr

Gestern Abend habe ich mit Cassandra beschlossen, dass wir uns einen Plan machen müssen. Wir wollen uns genau aufschreiben, was wir wissen und welche Informationen wir noch brauchen. Wir möchten ihnen ja gerne helfen, nur weiß ich noch nicht, wie. Irgendwie sind Cassie und ich mit der Situation überfordert. Cassie ist übrigens gerade bei ihrem Klavierlehrer. Obwohl wir ja Osterferien haben, geht sie trotzdem hin. Wenn sie gleich wieder hier ist, werden wir noch mal zum Teich gehen.

21.15 Uhr

Leider konnten wir nicht all zu lange am Teich bleiben. Meine Eltern wunderten sich schon, warum wir so lange da saßen.

Berthold erzählte uns noch einmal ganz genau, was er wusste. Er wiederholte den Fluch der Hexe:

In getrennten Elementen,
und doch an einem Ort,
sollt ihr leben.
Nur Mathilda von der Muschel kann euch in einem Element vereinen.
Einer muss springen,
durch den brennenden Kranz,
gebunden aus den Wurzeln der Hexenblume,
angezündet mit dem Zweig dieser Kastanie,
in Gegenwart dieses Gemäuers.
und nur in dieser Nacht einer Dekade.

Oh Gott, das ist ja ein riesen Rätsel! Auf Anhieb weiß ich nur über Elemente bescheid. Es gibt *Luft, Feuer, Erde und Wasser.*
Adelheid lebt im Element *Luft.* Kurt im Element *Wasser.* Einer von ihnen soll durch einen *Kranz* springen, der aus den Wurzeln der *Hexenblume* gebunden ist. Dann können sie in einem Element zusammen weiterleben.
Hexenblume.
Habe ich noch nie gehört. Und was soll in „*dieser Nacht einer Dekade*" und „*in Gegenwart dieses Gemäuers*" heißen?

46

Wir müssen Berthold und Kurt morgen noch mal fragen.

Mittwoch, 31.03.
10.20 Uhr

Noch gestern Abend haben wir herausbekommen, was Hexenblumen sind!
Nämlich Buschwindröschen! Sie blühen von März bis April. Cassie hat mit Opa telefoniert und ihn einfach mal nach Hexenblumen gefragt. Hätte sie irgendwo gehört. Stimmt ja auch. Irgendwie. Buschwindröschen kenne selbst ich. Außerdem weiß ich sogar, wo welche in den vergangen Jahren gewachsen sind. Und sicher werden sie auch dieses Jahr wieder dort blühen. Bei meinen Großeltern nämlich, die wohnen im Oberbergischen in einem Dorf. Am Waldrand. Unterhalb ihres Hauses fließt ein kleiner Bach und genau da hat uns Opa letztes Jahr die Buschwindröschen oder *Hexenblumen* gezeigt.
Aber wie kommen wir jetzt zu meinen Großeltern?

Meine Schwester hatte die perfekte Idee! „Mama", sagte sie, „wir machen in der Schule ein Herbarium, jeder Schüler meiner Klasse muss eine andere Blume über die Ferien sammeln und pressen. Ich soll das Buschwindröschen besorgen. Das wächst doch bei Oma und Opa!" „Ja, am Bach glaube ich" erwiderte meine Mutter. „Ruf den Opa an, er pflückt dir sicher welche." „Nein, ich will das selber machen. Außerdem haben wir schon so lange nicht mehr bei Oma und Opa geschlafen. Vielleicht können wir morgen bei ihnen übernachten?"

Cassandra kann wirklich lügen, wie der Teufel, wenn es darauf ankommt! Meine Großeltern haben nichts dagegen! Morgen Abend kommt Opa uns abholen.

Diese gute Nachricht mussten wir natürlich sofort Berthold und Kurt mitteilen. Kurt machte vor Freude einen hohen Sprung aus dem Wasser. Aber die Hexenblume ist nur ein Puzzleteil. Was soll denn nur „in dieser Nacht einer Dekade" bedeuten?

Kurt erklärte uns: „Es war am Tag der Sommersonnenwende, als Adelheid und ich Hochzeit gefeiert haben und genau ein Jahr später am Abend der Sommersonnenwende wurden wir auf der Burg Wanda verflucht."

Sommersonnenwende. Das muss die Mittsommernacht sein, oder so. Soweit ich weiß, ist das immer der 21. Juni eines jeden Jahres. Haben wir irgendwann mal in Erdkunde gehabt. 21. Juni. Bis dahin sind es noch 82 Tage.

Aber was, bitte, ist eine Dekade?

01.April

noch **81 Tage**

wir sind schon bei Oma und Opa

Heute habe ich meinen Vater gefragt, ob er die Burg Wanda kennt. Er antwortete mir: „Burg Wanda? Nein. Wo soll die denn sein?"

„Ich glaube, irgendwo hier in Köln." „Schau doch mal im Internet." So schlau war ich doch auch schon! „Hab´ ich doch schon, aber ich kann nichts finden." „Wozu willst du das denn überhaupt wissen?", fragte Papa. „Ach, nur so, ich habe es in einer Geschichte über Köln gehört." „Aha. Sag´ mal, wo ist eigentlich Cassandra, der Opa kommt euch doch gleich abholen?" „Sie hat doch heute wieder Klavierunterricht, weil nächste Woche ausfällt."

Cassie und mein Opa trafen fast gleichzeitig ein. Meine Schwester hatte ein riesiges Grinsen im Gesicht. „Los, ihr zwei, auf geht´s. Holt eure Sachen und kommt!", sagte mein Opa fröhlich. „Nein, Opa, wir müssen erst noch unsere Fische füttern. Dauert nur fünf Minuten!" Cassie war schon auf dem Weg zum Teich. Ich konnte ihr gar nicht so schnell folgen, wie sie lief. Am Teich angelangt, kniete sie sich neben Berthold, streute etwas Fischfutter auf dass Wasser und flüsterte: „Ich habe wundervolle Neuigkeiten!"

Sofort kam Kurt an die Wasseroberfläche und man hätte meinen können, dass die Ohren von Berthold noch spitzer wurden. „Matti, du kennst doch meinen Klavierlehrer, den Herrn Harald? Und weißt du, wo er wohnt?" Ich verdrehte die Augen. „Klar weiß ich das. In der Burgallee." „Genau. Herr Harald wohnt in der Burgallee direkt neben Schloss Wahn. Und jetzt kommt der Hammer: Das Schloss Wahn hieß früher Burg Wanda! Hat er mir erzählt. Und Wanda bedeutet wohl soviel wie Grenze. Und im Laufe der Zeit ist aus dem Wort Wanda eben Wahn geworden. Hat er mir auch erzählt. Ist das nicht toll?" Cassies Stimme überschlug sich fast, so aufgeregt war sie. Berthold und Kurt waren außer sich vor Freude, wünschten uns eine schöne Zeit bei unseren Großeltern und dass wir bald zurück kommen sollten.

Noch 77 Tage
Bis Mittsommernacht

Irgendwie bin ich über die Osterfeiertage nicht zum Schreiben gekommen. Also, Hexenblumen oder Buschwindröschen wuchsen bei Oma und Opa in Hülle und Fülle. Aber an die Wurzeln zu kommen, war ein echtes Problem. Man konnte nicht einfach an den Stängeln ziehen. Nein, man musste ganz vorsichtig den Waldboden am Bach abtragen. Schicht für Schicht. Wir kamen uns vor, wie die Archäologen, die mit Pinseln ganze Städte freilegen. Meine Oma konnte den Sinn nicht verstehen, tonnenweise die Wurzeln von Buschwindröschen auszugraben. Wir erklärten ihr, dass Cassies Lehrer ein Experiment damit vorhätte. Hoffentlich wird es klappen. Wir wussten natürlich nicht, wie dicht und breit der Kranz werden soll, deshalb haben wir unermüdlich Stunde um Stunde gesammelt. Auf einmal fragte meine Schwester: „Was denkst du, wie mag sie sein, diese Adelheid? Eigentlich mag ich keine Fledermäuse. Hoffentlich kommt sie uns nicht zu Nahe. Ich bin gespannt, wer den Sprung durch den Kranz wagt. Aber was machen wir mit dem armen Berthold? Ich finde, er ist in der letzten Zeit irgendwie trauriger geworden. Ob er Angst hat, Kurt und Adelheid könnten die Luft als Element wählen und davon fliegen? Was denkst du, wie alt ist er überhaupt gewesen, als er verflucht wurde?" „Kurt und Adelheid waren ungefähr 20 Jahre alt, hat mir Berthold gesagt, aber wie alt er ist, weiß ich nicht. Wir werden ihn fragen", antwortete ich.

Nachdem wir wieder zu Hause waren, führte unser erster Weg natürlich zum Gartenteich. Wir wurden mit lautem Rufen begrüßt: „Sie ist erwacht! Sie fliegt wieder! Sie hat den Winter gut überstanden!" Kurt war vollkommen aus dem Häuschen.

„Hallo Berthold!", sagte ich, „hast du sie auch gesehen? Es muss ja toll sein, sie nach so langer Zeit wiederzusehen, und zu wissen, dass ihr drei endlich wieder vereint seid." Er antwortete mit einem kurzen, knappen „Ja". Irgendetwas stimmte nicht mit ihm.

Kurt meinte, wir sollten in der Dämmerung wiederkommen, dann könnten wir sie fliegen sehen. Außerdem wollte er wissen, ob wir auch genug Hexenblumenwurzeln gefunden hätten. „Klar!", sagte meine Schwester. „Fast zwei Tage haben wir auf dem Boden gesessen und die Wurzeln freigelegt. Wir haben eine riesige Tüte voll gesammelt und werden sie gleich auf dem Speicher zum Trocknen auslegen."

12. April

noch 70 Tage

Heute hat die Schule wieder begonnen. Der alte Rhythmus ist zurück. Für Kurt, Adelheid und auch Berthold haben wir jetzt nicht mehr so viel Zeit. Adelheid ist selbst im Körper einer Fledermaus eine richtig vornehme und elegante Dame. Vielleicht ist sie ein wenig schüchtern und zurückhaltend, aber ich mag sie. Cassandra hält eher Abstand zu ihr. Es ist ihr einfach nicht geheuer, wenn Adelheid so um uns rumflattert. Wir müssen jetzt auch ganz schön aufpassen. Meine Eltern sind etwas misstrauisch geworden. Berthold wird immer stiller. Ich mache mir Sorgen um ihn.

Wir gehen nur noch zum Teich, wenn meine Eltern beide nicht da sind. Sonst stehen sie ständig am Wohnzimmerfenster und beobachten uns. Wir müssen noch herausfinden, was „in Gegenwart dieses Gemäuers" bedeutet. Ob die Hexe damit meinte, dass die Verwandlung nur in der Burg selber stattfinden kann? Und einen Zweig einer bestimmten Kastanie. Aber diese Kastanie muss doch längst gestorben sein. Ich meine, diese verrückte Geschichte spielte sich vor ungefähr 900 Jahren ab. Es gibt nur wenige Bäume, die so alt werden. Aber das wichtigste ist: Was wird aus Berthold, wie können wir ihm helfen?

Ich weiß jetzt auch, was eine Dekade ist! Nämlich ein Zeitraum von 10 Jahren. Die Drei wurden im Jahr 1110 verflucht. Also kann man den Fluch nur alle 10 Jahre brechen. Sollte es dieses Jahr nicht klappen, kann die Verwünschung also erst wieder in 10 Jahren aufgelöst werden. Dieses Jahr wäre also perfekt!

22.04.
noch 60 Tage

Heute war ich alleine am Teich; ich wollte in Ruhe mit Berthold sprechen. „Es muss doch eine Möglichkeit geben, auch dir zu helfen. Denk´ doch noch einmal über alles nach, geh´ jedes einzelne Detail von dieser Nacht durch und sag´ mir dann Bescheid. Ich bin überzeugt, auch dich können wir retten. Erinnere dich und sprich auch mit Kurt und Adelheid darüber." Er sagte kein Wort.
Als ich gerade gehen wollte, flatterte Adelheid um mich herum. Ich sagte ihr das gleiche wie Berthold und sie versprach mir, noch mal jede kleinste Kleinigkeit zu überdenken. Auch ihr ist aufgefallen, wie still Berthold geworden ist und macht sich Sorgen um ihn.

Montag, 26.04.
noch 56 Tage

Heute Nachmittag war ich im Schloss. Ich wollte wissen, wie die Öffnungszeiten in Schloss Wahn sind. Das Schloss ist nämlich so eine Art Museum, es beherbergt die größte theaterwissenschaftliche Sammlung der Welt,

55

manchmal finden auch Ausstellungen dort statt, und das in unserem kleinen Dorf! Eigentlich ist das alte Gemäuer ganz hübsch gelegen. Man geht durch eine Allee von Kastanien und tritt dann durch ein großes, mit roten und weißen Rauten bemaltes, hölzernes Tor in den Innenhof. Das Schloss selbst ist aus rot-braunen Ziegelsteinen gebaut. Eigentlich ist es recht klein, es hat so ca. die Größe eines kleinen englischen Landsitzes, jedenfalls stelle ich mir das so vor. Aber natürlich ohne riesige Ländereien herum. Es gibt zwar einen Schlosspark, der mit einer hohen Mauer umgeben ist, aber auch der ist sehr überschaulich. Es ist eher ein verwilderter Garten, obwohl, Blumen wachsen dort nicht, aber viele große alte Bäume stehen dort.

Im Innenhof fiel mir sofort eine riesige Kastanie auf. Jetzt erinnerte ich mich auch an sie. Meine Mutter ist früher mit mir und Cassie hierher gekommen, um Kastanien zu sammeln.

„He, Mädchen! Was machst du hier?" Erschrocken drehte ich mich um und sah einen Mann in einem blaugrauen Kittel. Er war nicht größer als ich, ziemlich schmächtig, ging nach vorne gebeugt und hatte einen dicken Buckel auf dem Rücken. Ob das der Hausmeister war? „Was suchst du hier? Antworte!" „… Oh, ich…, ich wollte mir die theaterwissenschaftliche

Sammlung anschauen." „Die hat schon geschlossen, verschwinde!" Es war merkwürdig, ich sah dem Mann ins Gesicht und konnte dennoch nicht sagen, ist er 20 oder 90 Jahre alt. In einem Moment hatte er tiefe Furchen im Gesicht, als sei seine Haut von Wind und Regen gegerbt. Die wenigen Haare, die er auf dem Kopf hatte, waren schneeweiß. Seine Lippen waren schmal und faltig.

Aber dann sah er wieder jung und frisch aus mit dichtem dunklen Haar und einer gesunden Gesichtsfarbe. Sein Gesicht fesselte mich und ich starrte ihn an.

„Mach´ jetzt, dass du wegkommst, ich will das Tor schließen!" „Ja, ja, ich geh´ ja schon", antwortete ich ein bisschen zickig. „Können Sie mir denn sagen, wann man die Sammlung besichtigen kann?" „Die Sammlung? Tsz…" Er verzog das faltige Gesicht. „So ein Blödsinn… Von 10 bis 16.00 Uhr ist während der Woche geöffnet." „Danke!" Ich drehte mich um und ging zum Tor.

Auf der linken Seite der Pforte befand sich ein Gitter, hinter dem eine schäbige, alte Treppe zu einer Tür hinaufführte. Wahrscheinlich hätte ich die Treppe gar nicht wahrgenommen, wenn nicht eine merkwürdige Gestalt die Stufen hinaufgehuscht wäre und dabei einen Blumentopf umgeworfen hatte.

Immer noch muss ich an das Gesicht des Hausmeisters oder was auch immer er war, denken. Ständig sehe ich es vor meinen Augen. Jung, alt, alt, jung.

Ich hoffe, ich träume heute Nacht nicht davon!

Dienstag, 27.04.
noch 55 Tage

Gerade war ich auf dem Speicher und habe nach den Hexenblumenwurzeln geschaut. Ich glaube, sie trocknen gut, jedenfalls stinken oder schimmeln sie nicht. Wie wir daraus jedoch einen Kranz binden sollen, weiß ich noch nicht. Sie sind so schrecklich dünn und kurz. Na ja, irgendwas wird uns schon einfallen.

Als Cassie heute Nachmittag Klavierunterricht hatte, habe ich sie bis zur Burg Wahn begleitet. Heute hatte ich mehr Glück, weil ich erstens den blöden Hausmeister nicht gesehen habe und zweitens die Leute von der theaterwissenschaftlichen Sammlung noch da waren. Ich habe einer jungen Frau und einem Mann am Eingang gesagt, dass ich ein Referat für die Schule über die Burg halten müsste und die beiden haben mir bereitwillig Auskunft gegeben.

Offensichtlich ist nur der *Turm* aus der Zeit, als Berthold, Adelheid und Kurt als Menschen gelebt haben. Als ich mir diesen Turm, der eigentlich gar keiner ist, näher anschaute, konnte ich sehr gut erkennen, dass dieser Teil des Schlosses älter sein musste, als der Rest des Gemäuers. Der gesamte Komplex besteht nämlich aus dunklen Ziegelsteinen, aber der *Turm* ist aus unregelmäßig großen Steinen gebaut. Sehen wie Natursteine aus. Wahrscheinlich wurden sie in einem Steinbruch geschlagen. Das gab's hier in der Gegend früher öfter. Die Steine vom Kölner Dom zum Beispiel stammen auch hier aus der Nähe. Haben Cassie und ich mal bei der Maus gesehen.

Ich hatte Glück. Im Garten der Burg war eine Gartenbaufirma damit beschäftigt, den Rasen zu mähen. Daher stand ein Tor zum Garten auf. Ohne zu zögern ging ich durch und habe mir das Schloss von der Rückseite angeschaut. Ein bisschen mulmig war mir, ehrlich gesagt, schon. Die untersten Fenster sind alle vergittert. Aber auch von hier hinten konnte man den „Turm" an seinen andersartigen Steinen erkennen. Aber was bringt uns das?

Ich weiß nicht, wie es weitergehen soll.

Ich habe das Gefühl, die Zeit läuft immer schneller. Gerade war ich mit Cassie am Teich. Unsere Eltern sind heute Abend bei Nachbarn eingeladen und wir hatten endlich mal wieder ausgiebig Zeit, uns mit den drei *Verfluchten* zu unterhalten. Und ihnen das zu erzählen, was wir in den letzten Tagen herausbekommen haben. Meine Schwester redet jetzt immer von den „Verfluchten", wenn sie Adelheid, Kurt und Berthold meint. Als ich ihnen das Gesicht des *Hausmeisters* beschrieb, wäre Adelheid fast wie ein Stein zu Boden gefallen. Alle drei befürchten, dass dies der bucklige Conradus sein könnte! Von der Gestalt, die die Treppe hoch huschte, habe ich vorsichtshalber erst gar nichts mehr erzählt. Kurt schwamm ganz aufgeregt im Wasser hin und her und sagte dann: „Glaubt ihr wirklich, es ist Conradus? Ist es möglich, dass er die Zeit überlebt hat, wie wir? Jungfer Mathilda, du musst vorsichtig sein! Niemand darf in und um die Burg Wanda herum wissen, wie du heißt!" Mir war ein bisschen komisch zu Mute. Dann sagte Kurt weiter: „Ich habe in den letzten Tagen sehr oft über den Fluch nachgedacht. „In Gegenwart

60

dieses Gemäuers" kann doch auch bedeuten, dass nur ein Stein oder ein Teil eins Steins der Burg bei der Auflösung des Fluches dabei sein muss!"

„Wie stellst du dir das denn vor?", fragte ich.

„Soll ich vielleicht mit Hammer und Meißel ein Stück aus der Wand herausschlagen?"

„Du hast gute Ideen, Mathilda! Genau so sollst du es machen!", sagte Berthold mit fester Stimme.

Das kann nicht sein Ernst sein, dachte ich bei mir. Wenn ich dabei erwischt werde, bekomme ich einen Heidenärger. „Klar", meinte Cassie, „das schaffen wir schon!" Ich schaute sie ungläubig an. Morgen, nach der Schule, versuchen wir unser Glück. Ich bin sehr aufgeregt.

01.Mai

noch 51 Tage

Cassie und ich sind jeden Tag nach der Schule zur Burg gegangen. Aus Papas Werkzeugkiste haben wir uns einen Hammer und eine Art Meißel gemopst. Aber wir hatten kein Glück. Das Tor zum Garten des Schlosses war immer verschlossen und im Innenhof waren ständig Arbeiter, die das Dach ausbesserten. Gestern wollten wir warten, bis alle Arbeiter gegangen waren. Aber sofort kam der *Hausmeister* und hat das Tor zum Garten abgeschlossen. Gesehen hat er uns nicht. Wir haben uns hinter einer Kastanie in der Allee versteckt. Er war nicht alleine. Neben ihm trottete ein alter zotteliger Schäferhund. Cassie fragte mich: „Matti, wenn der Hausmeister der Bucklige ist, ist der Hund dann *Wolf*?" Auf die Idee wäre ich nicht gekommen.

Aber wahrscheinlich hat sie Recht.

02.Mai

50 Tage

„Fräulein Mathilda", sagte Berthold heute zu mir, „ich habe noch einmal alles durchdacht, was in dieser schrecklichen Nacht passiert ist. Die Hexe hielt ein Büschel gelb-rot leuchtender Blumen in einer Hand, als sie mich verfluchte. Als kleiner Jüngling war ich einmal sehr krank. Da haben meine Eltern eine weise und gute Alte um Rat gefragt. Sie gab meiner Mutter sodann ebendiese Blumen mit. Und meine Mutter hat mir also darauf hin einen Umschlag aus den Blütenblättern gemacht. Ob das irgendetwas zu bedeuten hat?" „Möglich, beschreib mir genau, wie die Blumen aussahen!", antwortete ich. „Nun, sie waren, wie schon gesagt von herrlicher Natur. Ihre Farben waren eine Mischung aus Rot und Gelb, sie hatten lange Stiele und grüne Blätter. Die jungen Mädchen haben mit der Blüte ausgezählt, ob ihr Liebster sie auch wirklich liebt." „Ist das alles, was du noch weißt? Wo soll ich da anfangen?" Ich fühlte mich etwas überfordert. „Mensch Matti", sagte Cassandra, „die Mama hat doch dieses Namensuchbuch für Blumen. Darin sind doch die Pflanzen nach der Farbe ihrer Blüten sortiert. Wir müssten Berthold einfach nur die Bilder von allen gelb-orangenen Blumen zeigen, und er sagt uns dann, welche es war!" „Und was", antwortete ich, „wenn es diese Blume heute gar nicht mehr gibt? Und selbst wenn wir wissen, um welche Blume es sich handelt, was dann? Wie kann sie uns dann weiterhelfen? Müssen wir dann auch einen Kranz aus den Wurzeln flechten?" „Ach, das sehen wir dann, ich suche jetzt erst mal das Buch!", sagte Cassie und ging ins Haus. Ihr Optimismus ist manchmal echt bewundernswert.

„Berthold, glaub´ mir, ich werde alles versuchen, um auch dir zu helfen!", wendete ich mich wieder unserem Steingnom zu. „Das weiß ich! Aber wenn es nicht funktionieren sollte, darf ich dann bei dir bleiben? *Für immer*?", fragte mich Berthold. „Was ist denn das für eine blöde Frage? Natürlich wirst du für immer bei uns bleiben. Wir sind doch Freunde, oder? *Für immer*!", sagte ich fest. Ich hörte ein leises „Danke".

„Sag´ mal, wo ist eigentlich Adelheid?", fragte ich. „Ich habe sie schon mehrere Tage nicht gesehen." „Ihre Knochen sind alt, sie muss sich ein wenig schonen, dann wird es ihr bald wieder besser gehen", sagte Berthold.

03.05.
49 Tage
14.30 Uhr

Ich versuche Hausaufgaben zu machen, aber ich kann mich nicht konzentrieren. Cassie bettelt meine Mutter an: „Du bist doch meine allerliebste Mami, bitte such das Buch!" „Ja, gleich, du siehst doch, dass ich beschäftigt bin", hörte ich Mama sagen. „Ach Mami, liebe Mami, ich brauche das Buch für unser Herbarium. Bitte such´ es jetzt!"
„Ja, ja, schon gut", sagte Mama ein bisschen genervt. „Du bist ein richtiger Quälgeist!" Cassie kann Mama richtig gut um den Finger wickeln!
Ach, ich mache lieber meine Hausaufgaben weiter.

Es muss ewig gedauert haben, bis Mama das Buch gefunden hat. Es war in einer Kiste im Keller. Es gibt so viele gelb-oragene Blumen. Cassie ist mit Berthold am Teich alle Bilder einzeln durchgegangen. Bei vier Pflanzen war er sich nicht sicher, aber wenn ich es richtig überlege, weiß ich jetzt, welche der Blumen wir suchen. Denn nur mit einer dieser vier Pflanzen kann man das Spiel „…er liebt mich, er liebt mich nicht…" spielen. Hier in dem Pflanzenbestimmungsbuch heißt sie Calendula oder Ringelblume. Noch nie gehört. Sie blüht von Juni bis August, wird ungefähr 30 cm hoch und wird sogar als Arzneipflanze bei schlecht heilenden Wunden angewendet.

Ich werde noch mal zum Teich schleichen und Berthold das Bild von der Ringelblume zeigen.

21.10 Uhr

Meine Mutter ist so schrecklich misstrauisch. Sie stand die ganze Zeit am Wohnzimmerfenster und beobachtete mich. Zum Glück kam Cassie dann in den Raum und lenkte sie ab.

Berthold ist sich jetzt übrigens auch sicher. Ja, er ist sich ganz sicher gewesen als ich ihm das Bild der Ringelblume gezeigt habe. Er plapperte wie ein Wasserfall. So habe ich ihn noch nie vorher erlebt: Glücklich und aufgeregt! Ich glaube, er sieht jetzt auch für sich einen Weg. Aber wie sollte der aussehen? Ich möchte ihm so gerne helfen. Ich habe ihn richtig ins Herz geschlossen. Auch wenn er Anfangs so schrecklich gemein zu mir war und mir richtig Angst gemacht hat. Aber das ist alles vergessen. Vorhin erzählte er mir von seinen Aufgaben auf der Kitschburg. Er war für die Pferde verantwortlich. Wir haben uns noch lange über Pferde unterhalten. Es war so schön, mal mit ihm über etwas anderes zu reden, als über den Fluch. Ich wusste gar nicht, wie gesprächig er sein kann.

Er ist echt nett.

noch 44 Tage
08.05.

„Matti, schau mal! Hier ist ein Bericht über Schloss Wahn. Du hast dich doch letztens für das Schloss interessiert." Papa gab mir die Tageszeitung, in der ein langer Artikel über die „Burg" stand. Ich schaute meinen Vater verdattert an. Hatte ich mich verplappert? Ich konnte mich nicht erinnern, mit ihm über die Burg gesprochen zu haben.

Ich las:

„Schoss Wahn öffnet seine Tore.

Von Mitte Mai bis Ende Juli finden zahlreiche Veranstaltungen in Schloss Wahn statt. Zum Auftakt am Sonntag, dem 16. Mai um 11.30 Uhr gibt es statt langweiliger Reden einen *Schrei-Chor*." Einen was? Was soll denn ein Schrei-Chor sein? Moderne Kunst? Da wird es sicherlich laut.

Sonntag haben wir Zeit und es wird sicher kein Problem werden, Mama und Papa davon zu überzeugen, dass wir zu einer Veranstaltung in die Burg gehen wollen. Ob viele Leute die Veranstaltung besuchen werden? Je mehr Leute, um so günstiger für uns! Es würde dann nicht auffallen, wenn wir uns zufälligerweise im Garten verlaufen würden. Ich sollte das unbedingt mal mit Cassie bereden.

Wir müssen irgendwie an diese Ringelblumen herankommen. Ob die auch bei Oma und Opa im Wald wachsen? Bei uns im Garten habe ich sie jedenfalls nicht gefunden. Ich werde den Opa mal anrufen...

... Opa sagte mir, dass die Ringelblumen nicht im Wald, sondern in Gärten wachsen. Sofort habe ich dann Mama gefragt, die gerade den Herd sauber machte. „Ja", sagte sie, „habe ich bei uns im Garten ausgesät." „Ich habe aber schon die ganzen Beete durchsucht, Mama. Aber ich habe keine gefunden!", antwortete ich ein bisschen vorwurfsvoll. „Kannst du ja auch nicht, mein Schatz. Es wird noch einige Zeit dauern, bis sie blühen. Sie sind noch ganz winzig." Ich fragte sie: „Ob man die Blumen im Blumengeschäft kaufen kann?" Jetzt wurde meine Mutter wieder ein bisschen misstrauisch. „Wozu brauchst du sie denn überhaupt?", wollte sie von mir wissen. „Ähm…, na, die sollen auch mit in Cassies Herbarium." Mama schaute mich von der Seite an. „Also, *Mathilda Schilling*, jetzt hör mir mal gut zu", meinte sie. „Ich bin vielleicht 30 Jahre älter als du. Ich kann aber immer noch klar denken. Das mit dem *Herbarium* könnt ihr zwei sonst wem erzählen. *Mir nicht*! Und was macht ihr überhaupt immer am Teich? Komm´ schon, erzähl´s mir!"

Ich hatte das Gefühl, mein Kopf wäre schlagartig zu einer glühend heißen Tomate geworden. Meine Stirn fühlte sich ganz feucht an. Blitzschnell überlegt ich, was ich sagen könnte. Wieso konnte ich nicht wie Cassie lügen, dass sich die Balken bogen?! Ach, wäre sie doch jetzt in diesem Moment hier bei mir gewesen! Sie hätte mit Sicherheit eine Antwort gehabt! Mir schossen tausend Gedanken durch den Kopf. Aber keiner konnte mir jetzt helfen. „Nun?!" Mama wurde ungeduldig. „Mama, ich kann es dir nicht erzählen." Ich versuchte es auf die ehrliche Tour. Etwas klügeres fiel mir jetzt wirklich nicht ein! „Es ist so verrückt, du würdest es nicht glauben! Bitte, Mama, du musst Cassie und mir vertrauen! Bitte!"

Tja, leider verloren. Mama ließ nicht locker. „Matti, ich will jetzt die Wahrheit wissen!"

Ich holte tief Luft. „Also gut." Ich seufzte. „Wir müssen den *Verfluchten* helfen!" Jetzt war es also raus. „Was soll denn das heißen? *Verfluchte*?" Mama überlegte. Jetzt zog sie die Stirn in Falten. Wenn sie das macht, weiß man nie, was als nächstes passiert. „Ach, ihr habt zu viele Geschichten über so einen fantastischen Kram gehört. Und ich bin es Schuld." Wieder Pause. „Versprich mir", jetzt holte sie tief Luft, „versprich mir, Matti, nichts zu tun, was Papa oder ich euch nicht erlauben würden! O.K.?"

Ich dachte ich höre nicht recht. Das war alles? „Klar", ich zog die Augenbrauen hoch, „das würden wir sowieso nie tun."

Oft ist sie streng, aber jetzt war sie einfach nur cool. Ich hätte nicht gedacht, dass ich so einfach aus der Sache herauskomme. Meine Mutter machte weiter den Herd sauber. „Mama, wo bekomme ich Ringelblumen her?" „In Mellis Blumenladen werden sie keine haben. In der Apotheke kann man Ringelblumentee kaufen, das ist das Einzige, was mir einfällt." Dann putzte sie weiter. Ich gab ihr einen dicken Kuss auf die Wange. „Danke, Mami, du bist die Beste!" „Ja, ja", meinte sie, „und morgen schimpfst du wieder über mich. Also, kleines Fräulein: Nichts, was ich nicht auch tun würde!"

„Verspreche ich dir", sagte ich.

Noch 42 Tage

10.05.

Am Nachmittag bin ich in die Apotheke gegangen und habe Ringelblumentee gekauft. Da ich nicht wusste, wie viel wir brauchen werden, habe ich mir eine riesige Tüte voll geben lassen. Ob wir Berthold damit Umschläge machen sollen? Ich habe noch keine Ahnung. Also, einen Kranz daraus zu binden, können wir auf jeden Fall vergessen.

Berthold war total ausgelassen, als ich ihm abends erzählte, was ich besorgt hatte und er berichtete mir ausgiebig von den Festen, die auf der Kitschburg gefeiert wurden. Adelheid kreiste auch um den Teich und meinte: „Ach ja, das waren wunderschöne Zeiten! Wir haben gesungen, getanzt, gespielt und viel gelacht. Jede Nacht denke ich daran. Wann wollt ihr denn einen Stein von Schloss Wanda holen?" „Am Sonntag." Ich erklärte ihr: „Am Sonntag findet eine große Veranstaltung in der Burg statt. Es werden viele Leute kommen. Da ergibt sich bestimmt eine Möglichkeit, an einen Stein von der Burg zu kommen."

„Und wer von euch hat eine Idee, wie wir an den Ast *von der Kastanie* kommen?" fuhr sie fort. Da schauten wir uns alle ratlos an. „Es gibt so viele alte Kastanienbäume im Schlosspark, aber keiner könnte auch nur annähernd so alt sein, wie ihr", sagte ich traurig. Jetzt meldete sich auch Kurt zu Wort. „Als die Hexe den Fluch ausgesprochen hatte, musste sie doch wissen, wann du, Mathilda von der Muschel, lebst. Und sie muss sich doch auch sicher gewesen sein, dass es dann diese Kastanie noch gibt. Also, der Baum, den sie damals meinte, stand im Innenhof der Burg. Steht dort heute keiner mehr?" „Doch, schon, da steht eine alte Kastanie", antwortete ich. „Aber die ist nie und nimmer 900 Jahre alt."

„Du hast uns bis jetzt noch nichts von einer Kastanie erzählt, die das steht!", sagte Kurt verärgert. „Ich dachte, das sei nicht so wichtig", sagte ich entschuldigend. „*Alles* ist für uns von Bedeutung!" Kurt schaute Adelheid zu, wie sie ihre Runden über dem Wasser zog. Mit Blick auf seine Frau sagte er leise: „Ihr geht es noch nicht viel besser. Ich mache mir große Sorgen um sie." Jetzt wurde er eindringlicher. „Mathilda von der Muschel, wir haben nur diese eine Chance, vergiss das bitte nicht. Die nächste Möglichkeit, den Fluch aufzulösen, wird erst wieder in 10 Jahren sein!"

Cassie war inzwischen dazugekommen. „Vielleicht ist es ja möglich, dass der Kastanienbaum, der heute im Innenhof der Burg steht, aus einer Kastanie gewachsen ist, die zu eurer Zeit dort stand. Oder so ähnlich." Ich habe sie gar nicht kommen hören. Pettersson, der mit ihr gekommen war, hatte es sich neben Berthold bequem gemacht. Er war überhaupt nicht mehr aggressiv gegenüber dem kleinen Steingnom. Das war mir noch nie so aufgefallen, wie jetzt. Kurt kam nach einem kurzen Tauchgang wieder an die Oberfläche und meinte: „Das ist gar keine schlechte Idee, junges Fräulein. Zumindest hört es sich logisch an. Ihr müsst versuchen, an einen Zweig dieser Kastanie zu kommen!" „Wie stellst du dir das vor?", wollte ich wissen. „Kannst du dir vorstellen, wie hoch dieser Baum ist? Um an die Zweige zu kommen, bräuchte man eine hohe Leiter, und das fällt bestimmt auf!" „Ach, ihr findet schon eine Lösung. Ihr habt ja auch die Ringelblume in Erfahrung gebracht!", sagte Berthold aufmunternd.

„Ringelblumenblüten in einer Apotheke zu kaufen, ist eine Sache. Aber eine Leiter an eine Kastanie zu stellen und zu wissen, dass *Conradus* jede Sekunde um die Ecke biegen kann, ist eine Andere!" Alle stimmten mir zu.

Mir ist schon mulmig bei dem Gedanken, ein Stück Stein von der Burg heraus zu klopfen. Aber der *Kastanienzweig*…

noch 37 Tage

Samstag, 15.05.

Morgen gehen wir zum *Schrei-Chor*. Hoffentlich geht alles gut.

Heute haben Cassie und ich versucht, aus den getrockneten Wurzeln der Hexenblumen auf dem Speicher einen Kranz zu binden. Aber das hielt überhaupt nicht. War das eine Fummelei. Dann kam meine Schwester auf die Idee, die Wurzeln um einen alten Stickrahmen, der dort herumlag, zu binden. Draht haben wir in Papas

Werkzeugkiste gefunden. Es sieht zwar nicht toll aus, aber es hält zumindest.

Berthold plappert wie ein Wasserfall. Er erzählte mir von seinen Eltern und seinen vier Geschwistern und dass er es nicht abwarten kann, sie endlich wieder in seine Arme zu schließen. Ich will ihm die Freude ja nicht nehmen, aber selbst, wenn alles klappen sollte (und das steht noch in den Sternen…), wird er dann in *seine Zeit* zurück reisen können? Wie sollte das funktionieren? Gibt es denn heute *seine Zeit* überhaupt noch?

Er macht sich gar keine Gedanken darüber, hoffentlich wird er nicht enttäuscht. Ob es dann wohl noch eine Möglichkeit gibt, mit ihm Kontakt aufzunehmen?

Wahrscheinlich bleibt er doch bei uns und bleibt für immer unser guter Hausgeist, denn die Geschichte mit den Ringelblumen erscheint mir zu einfach.

noch 36 Tage

16.05., Sonntag

Mein ganzer Körper zittert. Immer noch. Ich kann kaum den Stift halten. Hätten wir doch damals den anderen Gnom genommen. Ich habe schreckliche Angst.

Mama und Papa hatten *natürlich* nichts dagegen, dass wir zu der „kulturellen" Veranstaltung in die Burg gehen wollten.

Die Aufführung des Schreichores fand im so genannten „Gartenzimmer" statt. Der Boden war mit dunklem Parkett ausgelegt. Die Wände waren alle mit Bildern bemalt. Es waren Ruinen, Bäume und Leute zu sehen. Die Bilder waren überhaupt nicht mein Geschmack aber sicher sehr alt. Der Chor, der aus ungefähr 15 Personen, offensichtlich verrückte Studenten, bestand, hatte sich vor einem großen Fenster aufgebaut. Die Besucher mussten alle stehen und drängten sich in das Zimmer. Es war pickepacke voll. Wir haben freiwillig alle nach vorne gelassen und gelangten so immer weiter nach hinten, so dass wir schließlich ganz am Ende des Raumes standen. Wie praktisch! Ein paar Minuten hörten wir uns dieses Schreien an. Also, eigentlich klang es für unsere Ohren eher wie Rufen. Lieder und Gedichte wurden gebrüllt. Wem's gefällt. Ist halt moderne Kunst...

Es war so keine große Sache, uns davon zu stehlen. Wir schlichen uns wieder raus aus dem Schloss.

Das Tor zum Garten war verschlossen. Wir hatten uns aber für heute vorgenommen, ein Stück Stein aus dem alten Turm zu schlagen. Das Werkzeug dazu, den Meißel und den Hammer von Papa, hatte ich in meinem Rucksack. Cassie meinte, ich solle einfach über das Tor klettern. Einfach! Einfacher gesagt, als getan! Bevor ich loskletterte, sagte sie: „Hier, nimm das und steck es dir in die Hosentasche." Es war ein zusammen gefaltetes Papiertaschentuch. „Was soll ich denn damit?", fragte ich. „Ich habe einige von den

Ringelblumenblüten in das Tempo eingewickelt. Na ja, du weißt schon Ringelblume heilt doch alles, haben wir doch in Mamas Buch gelesen. Falls uns ein Fluch trifft." „Toll, du machst mir wirklich Mut. Vielen Dank!", meinte ich.

Cassie dachte, es wäre besser, wenn sie am Tor bleibt und Schmiere steht, so ein Angsthase. Falls etwas unerwartetes passieren würde, könnte sie mich dann auf meinem Handy anrufen. Ich habe meinen ganzen Mut zusammen genommen und bin über das Tor geklettert. Dabei habe ich mir noch ein Loch in meiner neuen Jeans zugezogen. Schnell rannte ich um das Schloss, bis ich an der Rückseite des *Turmes* war. Alles ging so einfach. Aus dem Rucksack holte ich das Werkzeug. Ich schlug immer wieder mit dem Hammer auf den Meißel ein, aber nichts rührte sich. Mir stand der Schweiß auf der Stirn und die Angst saß mir im Nacken, denn ich machte schon einen gewaltigen Lärm. Ständig schaute ich mich um, aber es war keiner zu sehen. Dem Schrei-Chor sei dank, dachte ich. Dann klingelte auch noch mein Handy. Cassie wollte nur wissen, wo ich denn bliebe. Sehr lustig! Ich gab mir hier die allergrößte Mühe!

Endlich hatte sich ein pflaumengroßes Teil aus dem Mauerwerk gelöst und mit zwei weiteren kräftigen Schlägen fiel das Stück zu Boden.

Schnell verstaute ich alles in meinem Rucksack und lief zum Tor zurück. Ich sah das Gitter schon, als ich hinter mir lautes Hundegebell hörte. Ich wagte es nicht, mich umzuschauen und lief nur noch schneller. „Mathilda, beeil dich, der Hund!", rief meine Schwester panisch. Plötzlich schrie jemand: „Mathilda?!?" Dann war es wieder ruhig. Mir gefror das Blut in den Adern. Es war die Stimme des buckligen Hausmeisters. „Mathilda!!! Wolf, fass! Fass Mathilda!" Glücklicherweise war ich jetzt schon auf der Spitze des Tores und ließ mich einfach nur auf die sichere Seite fallen. Cassie und ich liefen wie der Teufel. Wieso hatten wir bloß unsere Fahrräder nicht mitgebracht? „Mathilda, wir kriegen dich!", rief die Stimme hinter mir. Wir rannten und rannten, bis wir wieder zu Hause waren, knallten die Tür zu und versteckten uns hinter der Gardine im Esszimmer, von wo aus man die Straße beobachten kann. Da waren sie! Wolf, Conradus und, ja, das musste sie sein! Die alte Hexe! Sie trug ein schwarzes Kopftuch, das sie tief ins Gesicht gezogen hatte, einen langen, lumpigen Rock, einen dreckigen Pullover und ein zerfetztes Dreieckstuch, das ihre Schultern bedeckte. Ihr Gesicht konnten wir also nicht sehen, aber ihre Finger. Sie waren knochig, aschgrau und lang. Und teilweise mit hässlichen, dicken Warzen bedeckt. Pettersson, der im Garten war, bellte sich die Seele aus dem Hals. Da er sich nicht beruhigen konnte, kamen meine Eltern von der Terrasse zu ihm, aber da waren die Gestalten schon verschwunden.

„Wie konntest du mich mit *Mathilda* anreden? Du hast doch Kurt gehört: Niemand am Schloss darf wissen, wie ich heiße! Und du, du blöde Kuh, was machst du? Du rufst: Mathilda! Noch nie hast du Mathilda zu mir gesagt. Warum ausgerechnet gerade eben?", blaffte ich sie an. „Es…, es tut mir leid", stammelte Cassie, „ich weiß auch nicht, was eben über mich gekommen ist. Ich hatte so eine schreckliche Angst um dich. ́Tschuldigung." Sie schaute betreten auf den Boden. „Jetzt wissen sie, wo wir wohnen, oh Gott!" Als wir uns einigermaßen beruhigt hatten, gingen wir zum Teich, um den *Verfluchten* die gute und die schlechte Nachricht mitzuteilen. Kurt drehte eine Runde nach der anderen im Wasser. Fast schien es, als wollte er ein Loch im Teich finden um seinem Gefängnis zu entkommen. Berthold war einfach nur stumm. Nichts war mehr zu hören von seinem fröhlichen Geplapper der letzten Tage.

Wir verabschiedeten uns ziemlich schnell von den Beiden. Gerade habe ich darauf geachtet, dass alle Rollläden unten sind und die Haustüre abgeschlossen. Den kostbaren Kranz der Hexenblumenwurzeln und das Stück Stein aus dem Turm habe ich in einem Schrank eingeschlossen und den Schlüssel in meinem Kleiderschrank unter den Socken gut versteckt. Hoffentlich geht alles gut!

Dienstag, 18.05.

34 Tage
19.00 Uhr

Heute und gestern waren Cassie und ich nicht am Teich weil…, ja, weil es so sehr regnet. Aber eigentlich möchte ich die *Verfluchten* nicht wieder so ängstlich sehen.
Der Hexe, Conradus und Wolf sind wir zum Glück nicht mehr begegnet.

Mittwoch, 19.05.

33 Tage
15.30 Uhr

Meine Mutter war ganz aufgebracht, als ich von der Schule kam. „Matti, was haben du und Cassie mit den Muscheln gemacht?", fragte sie ziemlich verärgert. „Was, welche Muscheln?", fragte ich. „Na, die Muscheln am Teich natürlich, die sind alle weg! Ihr seid doch immer dort!" „Wie, die Muscheln sind weg?" Noch während ich sie das fragte, lief ich auf die Terrasse zum Teich. Ich konnte nicht glauben, was ich dort sah. Alle unsere schönen Muscheln waren verschwunden. Berthold! Meine Augen suchten an der Stelle, an der er immer stand. Oh nein, das durfte doch nicht sein! Berthold! Er war auch weg!

Ob Kurt noch im Teich war? Ich starrte ins Wasser, alle Fische sah ich, aber wo war der schönste unserer Wasserbewohner? Meine Mutter war mir nicht nach draußen gefolgt, deshalb rief ich: „Kurt! Berthold! Bitte sagt etwas! Wo seid ihr?" Nichts, es kam keine Antwort. Ich versuchte es noch einmal. „Sagt doch was! Bitte!" Es war auf einmal so still hier im Garten. Meine Augen suchten die Umgebung um den Teich ab. Da! Berthold lag im Schilf auf der Seite!

Es war so mühsam, ihn da wieder heraus zu bekommen. Er ist so schwer. Endlich hatte ich ihn wieder an seinen gewohnten Platz gestellt und wollte wissen, warum er nicht auf mein Rufen geantwortet hatte und was passiert war.

Aber er blieb stumm. „Berthold, es tut mir leid, dass ich euch so in Gefahr gebracht habe! Ich werde alles tun, um es wieder gut zu machen. Bitte sprich mit mir!" Der Gnom blieb stumm. Ich drohte ihm an, den Ringelblumentee wegzuwerfen. Nichts. Ich flehte ihn an. Fehlanzeige.

Traurig ging ich ins Haus und warte jetzt darauf, dass Cassie aus der Schule kommt.

20.30 Uhr

Cassie kam erst gegen 5 Uhr nachmittags nach Hause. Sie war genau so schockiert, wie ich. Wir sind noch mal gemeinsam zu Teich gegangen. Aber Cassie konnte Berthold auch nicht zum Reden bewegen. Er blieb stumm und im Teich war kein Kurt zu sehen. Ich bin so verzweifelt, wir wollten ihnen doch helfen. Sie von ihrem *Fluch* erlösen. Und jetzt?!?

Jetzt ist alles nur noch schlimmer!

20.05.
17.00 Uhr

Noch 32 Tage. Ich sollte aufhören zu zählen. Es ist vorbei. Es tut mir so leid. In der Schule habe ich kein Wort mitbekommen, die ganze Zeit habe ich überlegt, warum Berthold nicht mehr mit uns spricht. Hat es etwas damit zu tun, dass Kurt und Adelheid nicht zu sehen sind? Aber nein, das kann auch nicht sein. Im Baumarkt hat er doch auch mit mir gesprochen und da waren die beiden ebenfalls nicht in der Nähe. Was ist wohl mit Kurt passiert? Ob Adelheid vielleicht etwas weiß?

Sie ist unsere letzte Rettung.

22.30 Uhr

Seit 20.30 Uhr sitze ich am Teich und warte, dass Adelheid angeflattert kommt. Meine Eltern fragen mich andauernd, was ich denn immer am Wasser machen würde. „Nachdenken", habe ich gesagt.

Um 21.45 Uhr musste ich dann reinkommen. Ob wir noch mal zum Schloss gehen sollten? Vielleicht können wir Conradus und die Hexe belauschen und erfahren etwas Neues, das uns weiterhelfen könnte?

Bei dem Gedanken, den beiden wieder näher zu kommen, schlottern mir jetzt schon die Knie.

Freitag, 21.05.
21.30 Uhr

Den ganzen Nachmittag haben Cassie und ich heute am Teich verbracht. Berthold sagte kein Wort. Und von Kurt war noch nicht mal der Hauch einer Flosse zu sehen. Hoffentlich ist ihm nichts schlimmes passiert! Leider bleibt es jetzt so lange hell. Ich meine, weil Adelheid doch nur ab der Dämmerung fliegt. Aber heute Abend sind meine Eltern bei Freunden und werden sicher nicht vor halb elf wieder zurück kommen.
Also werden wir am Teich sitzen bleiben und auf Adelheid warten.

22.05.

Sie kam nicht.
Adelheid, wo ist sie bloß?
Wir sind so verzweifelt!

Pfingstmontag, 24.05.

Letzte Nacht muss wieder einer am Teich gewesen sein! Berthold lag auf der Seite und es sah aus, als hätte jemand mit dem Fuß gegen ihn getreten. Hoffentlich hat er sich ihn gebrochen! Mein armer Berthold! Was muss er für eine Angst ausstehen. Und ich weiß nicht, wie ich helfen kann.

Ob es Conradus und die blöde Hexe waren? Mein Gott, habe ich eine Angst.

Heute Abend werde ich Berthold ins Haus holen.

Dienstag, 25.05.
13.30 Uhr

Heute haben wir auch noch frei, aber was nützt es? Berthold haben wir gestern Abend in den Flur gestellt. (Meine Mutter ist immer noch traurig, dass all unsere Muscheln weg sind.) Wir werden ihn nicht mehr an den Teich stellen.

Ich zermartere mir das Hirn. Ich bin doch die *Auserwählte*, ich bin doch *Mathilda von der Muschel*! Bin ich Mathilda von der Muschel? Ich bin Mathilda, aber….

Aber, ich habe ja gar keine Muscheln mehr! Natürlich! Im Baumarkt damals hatte ich zwar auch keine Muscheln dabei, aber ich *besaß* welche. Und nur dadurch war ich Mathilda *von* der Muschel! Ja, das muss es sein! Klar doch, ich bin jetzt im Moment *nur* Mathilda. Die Muscheln wurden ja geklaut und ich besitze zur Zeit wirklich keine einzige.

Das muss die Lösung für die Sprachlosigkeit von Berthold sein!

Wir brauchen neue *Muscheln*!

21.30 Uhr

Verdammt noch mal! Es kann doch nicht so schwer sein, an so eine dämliche Muschel zu kommen!

Nachdem ich Cassie erklärt hatte, dass unser Problem, nicht mit Berthold sprechen zu können, wahrscheinlich an den fehlenden Muscheln liegt, haben wir das ganze Haus auf den Kopf gestellt. Das gibt es einfach nicht. Keine einzige Muschel war zu finden! Wir haben doch so viele in den letzten Jahren auf Föhr am Strand gesammelt. Und keine einzige soll mehr übrig geblieben sein?! Wie kommen wir jetzt an Muscheln heran? Berthold steht auf jeden Fall noch immer im Flur. Pettersson liegt oft neben ihm, als wolle er ihn beschützen.

26.05.

17.00 Uhr

Nach dem Bio-Unterricht habe ich meine Lehrerin gefragt, ob sie nicht eine Muschel als Anschauungsmaterial hat. Hinter dem Biosaal in der Schule gibt es nämlich einen Raum, wo die Lehrer ganz viele ausgestopfte Eulen, Kaninchen, Mäuse und was weiß ich noch alles aufbewahren. Es gibt dort auch ein menschliches Skelett, den Emil. Der ist aber aus Plastik. Auch die Mikroskope werden dort aufbewahrt. Ich war einmal bei einer Schulrundführung in diesem Raum.

Eine Muschel hat sie aber leider nicht. Während der Pausen habe ich alle Schulfreunde und Mitschüler gefragt, die ich kenne oder auch nur vom Sehen, ob sie nicht zufällig eine Muschel hätten. Die meisten haben mich nur verwirrt angelächelt, als ob ich nicht alle Tassen im Schrank hätte.

Meine Mutter hat auch keine mehr gefunden. Es bleibt jetzt eigentlich nur noch die Möglichkeit, in Dekogeschäften nachzufragen. Vielleicht kann ich ja meine beste Freundin Sophie überreden, mit mir morgen nach Köln zu fahren.

Von Kurt und Adelheid fehlt noch immer jede Spur.

Ein Wunder ist geschehen! Cassie hat eine Muschel von ihrer Freundin bekommen. Sie ist wirklich unbezahlbar, meine Schwester! Wir haben sie sofort an den Teich gelegt und auch Berthold wieder ans Wasser gestellt. „Endlich, Endlich! Ich dachte, ich würde verrückt in meinem steinernen Gefängnis!", platzte es aus Berthold heraus.

Ja, er kann wieder mit uns sprechen! Es ist wunderbar! „Conradus, die Hexe und dieser schreckliche Wolf waren in der ersten Nacht da", fuhr er fort. „Bis zum Morgengrauen sind sie geblieben und haben jede einzelne Muschel eingesammelt. Dann hat Conradus mich ins Schilf geschmissen." „Wo sind Kurt und Adelheid?", wollten wir wissen. „Kurt ist noch im Teich, er hat sich in den Wasserpflanzen versteckt", antwortete Berthold. „Zum Glück haben sie ihn nicht bemerkt. Aber Adelheid… Wir wissen nicht, wo sie ist und ob es ihr gut geht." In dem Moment erschien Kurt an der Wasseroberfläche: „Ihr müsst sie finden. Unbedingt! Bitte! Meine Adelheid!"

„Kurt, bist du in Ordnung? Wieso hast du dich nicht mal gezeigt als wir dich gerufen haben?", fragte Cassie. „Ja, mir geht es gut", sagte Kurt.

„Ich hatte einfach nur schreckliche Furcht. Aber meine Adelheid. Sie ist schon seit sieben Tagen nicht mehr bei uns gewesen. Wir machen uns große Sorgen! Dafür war vor zwei Nächten wieder diese grässliche Hexe mit ihrem Sohn und der Bestie da. Ich dachte, mein Herz bliebe stehen." Jetzt fuhr Berthold weiter fort. „Sie sind mehrmals um euer Haus gegangen, flüsterten miteinander, haben dann Stunde um Stunde vor dem Teiche gehocket und die Fische im Mondenlicht beobachtet, ob ihnen nicht einer auffällig vorkäme. Plötzlich fuhr die Alte Blitzen gleich mit ihren langen Spinnenfingern ins Wasser und warf etwas auf den Rasen, das wild zappelte. Mir verschlug es den Atem! „Wolf, friss!", hörte ich sie krächzen und sofort verschlang das hässliche Tier den Fisch. Es war zum Glück jedoch nicht mein Herr Kurt, wie ich natürlich zuerst vermutet hatte, sondern einer eurer Goldfische. Das arme Ding."

Kurt atmete tief durch. „Die Hexe starrte mich dann minutenlang an, bis ein schadenfrohes Lächeln ihren faltigen Mund verzog. „Flügel hast du noch, also lasse deine Gedanken fliegen, für den Rest aller Zeit!" Sie lachte fürchterlich, es wäre euch durch Mark und Bein gefahren. Sie drehte sich dann um und rief ihren Begleitern zu: „Kommt, meine Lieben! Endlich ist unser Werk

vollbracht. Sie sind jetzt für alle Zeit getrennt!"
Dann bekam ich einen Tritt von Conradus. Er
fluchte, denn offensichtlich hatte er unterschätzt,
dass ich ja aus Stein bin."

„Glaubst du, sie denken wirklich, das es Kurt
war, den Wolf gefressen hat?", wollte ich von
Berthold wissen. „Ja, das glaube ich wirklich",
antwortete er voller Überzeugung. „Trotzdem
werde ich dich heute Abend wieder ins Haus
holen", beschloss ich. „Bitte, ihr zwei, sucht
Adelheid! Beeilt euch, und nehmt die einzige
Muschel auch mit hinein!", rief uns Kurt zu.

27.05.
25 Tage

Seit gestern haben wir jeden Winkel unseres
Gartens durchsucht. Wir können Adelheid nicht
finden.

28.05.
24 Tage

Immer noch keine Spur von Adelheid.
Wenn wir sie nicht bald finden, befürchte ich das
Schlimmste!

90

29.05.

Nichts.

30.05.
10.30 Uhr

Berthold wird immer ungeduldiger, gestern hat er uns unterstellt, wir würden uns nicht genug Mühe geben. Aber das stimmt einfach nicht! Millimeter um Millimeter durchsuchen wir die Bäume. Gegen die alten Tannen lehnen wir eine Leiter, Cassie klettert dann hoch und schaut sich die Stämme ganz genau an. Wir haben extra im Internet nachgelesen, wo sich Fledermäuse tagsüber aufhalten: nämlich in Baumhöhlen.
Berthold hat uns mindestens schon 10 Mal gesagt, wir sollen in der Buche nachschauen. Wir haben ihm auch mindestens genau so oft schon gesagt, dass die Buche überhaupt keine Höhlen hat.
Er glaubt uns einfach nicht.

21.15 Uhr

Er hatte tatsächlich Recht! Berthold. Adelheid war doch tatsächlich in der Buche! Sie hatte sich in einem Nistkasten versteckt! Der Unterschlupf war uns nur die ganze Zeit nicht aufgefallen. Nachdem wir nochmals zur Buche gegangen sind, weil Berthold so hartnäckig war, sah Cassie das Vogelhäuschen. Guter Berthold! Sofort haben wir Papas lange Leiter geholt, Cassie hat sich unten dagegengestellt und ich bin hochgeklettert. Man kann den Nistkasten öffnen, das wusste ich, weil Papa das oft im Frühjahr macht. „Damit die kleinen Vögelchen es wieder schön sauber haben", sagt er dann immer. Also habe ich den Kasten vorsichtig geöffnet.

Im ersten Moment dachte ich, Adelheid sei tot. Aber als ich sie vorsichtig in meine Hand nahm, zuckte sie ganz leicht. Das war am späten Nachmittag.

Cassie hat sofort ein kleines Körbchen aus dem Gartenhaus geholt und mir gebracht. Dort habe ich die kleine Fledermaus dann ganz behutsam hineingelegt. Sie atmete ganz flach. Aber sie lebt! Mehr als vorsichtig bin ich die Leiter wieder hinunter gestiegen, während Cassie immer noch unten stand und festhielt. Wir haben Adelheid darauf hin in ihrem Körbchen in mein Zimmer gebracht.

Danach sind wir sofort zu Berthold an den Teich gelaufen und haben ihm die gute Neuigkeit erzählt. Er war natürlich mächtig stolz, dass er

Recht gehabt hat. Kann er auch! Sogar Kurt kam aus seinem Versteck. Er bedankte sich übermütig bei uns. Dann verschwand er aber ganz schnell wieder. Ich glaube, er hat immer noch fürchterliche Angst, dass die doofe Hexe ihn finden könnte.

Wir haben seitdem versucht, Motten, Käfer, Fliegen und Mücken zu fangen. Ist gar nicht so einfach! Aber ein paar Viecher haben wir doch zusammen bekommen. Adelheid ist so schwach. Ganz ehrlich, ich weiß nicht, wie lange sie noch durchhält. Sie ist so winzig. So nah habe ich sie vorher ja noch nie gesehen. Sie hat zwei winzige schwarze Knopfaugen. Die Nase ist auch schwarz und glänzend. Ihr Kopf und der ganze Körper ist mit wunderschönem dunklen Fell bewachsen. Sie ist so wunderbar weich! Und so hilflos. Ich habe vorsichtig ihre kleine und fast zerbrechlich wirkende Schnauze geöffnet. Cassie brachte aus Mamas Spiegelschrank im Badezimmer ihre gute Pinzette. Damit habe ich dann eine kleine Fliege gepackt und vorsichtig in ihren Rachen gedrückt. Und sie hat sie hinuntergeschluckt! Wieder ein kleiner Erfolg.
Jetzt ist Adelheid also hier bei mir im Zimmer. Ob sie die Nacht übersteht?

Montag, 31.05.
Noch 21 Tage

Heute haben wir eine Mathearbeit geschrieben.
Ich glaube, die ging voll in die Hose. Da soll sich
einer konzentrieren. Ich konnte es jedenfalls
nicht.

Bevor ich in die Schule ging, habe ich das
Körbchen mit Adelheid auf meinen
Kleiderschrank gestellt, Mama würde sich ja zu
Tode erschrecken, wenn sie sie finden würde. Die
ganze Nacht habe ich kaum ein Auge zugemacht.
Ich dachte immer: hoffentlich stirbt Adelheid
nicht! Aber sie hat geschlafen. Bis heute Morgen.
Nur ab und zu hat sie mal etwas tiefer geatmet. Ist
vielleicht das Beste für sie. Oma sagt immer,
wenn man krank ist, ist Schlaf die beste Medizin.
Ist hoffentlich was dran.

Cassie kam nach dem Aufstehen direkt zu mir ins
Zimmer und wir haben die kleine kranke
Fledermaus sofort mit ein paar Motten und
Fliegen gefüttert. Mama hat die Pinzette zum
Glück noch nicht vermisst. Wenn sie wüsste, was
wir damit machen, würde sie wahrscheinlich ganz
schön sauer auf uns sein. Aber der Zweck heiligt
eben manchmal die Mittel. Sagt Papa jedenfalls
immer.

Obwohl Adelheid also zum Glück etwas gefressen hat, macht sie dennoch keinen guten Eindruck auf mich. Sie ist so schwach!
Ich habe Angst um sie!

02.06.
19 Tage

Was für ein Glück, dass wir gestern keine Schule hatten! Ob sonst alles zu Ende gewesen wäre? All ihre Hoffnungen, in einem Element vereint zu sein? Eigentlich schlafe ich nie lange. Aber als ich gestern Morgen auf die Uhr schaute, war es schon fast halb elf! Halb elf, wie konnte das möglich sein? Cassie und ich haben uns extra den Wecker auf 6.30 Uhr gestellt um Adelheid zu füttern. Sofort weckte ich Cassie, die bei mir im Zimmer schlafen durfte. Auch sie war sofort hellwach. Die Rollladen haben wir nicht hochgezogen und das Licht auch nicht eingeschaltet. Adelheid ist seit gestern noch lichtempfindlicher als sonst, so benutzen wir nur eine alte Taschenlampe. Ich leuchtete in das Körbchen auf meinem Schreibtisch (wenn ich in meinem Zimmer bin, hole ich Adelheid natürlich sofort vom Kleiderschrank runter!), in dem die kleine Fledermaus lag und meine Schwester fing sofort still an zu schreien. Es war nicht laut aber sehr durchdringlich. Ein stiller Schrei sozusagen. Adelheid lag auf der linken Seite, ihre Augen geschlossen, sie schlug mit dem rechten Flügel. Ganz zaghaft. Immer wieder. Ich war wie gelähmt. „Tu doch was!", schrie Cassie mich an. Ich nahm die kleine Fledermaus ganz vorsichtig in meine linke Hand. „Bitte, bitte", sagte ich mit weinerlicher Stimme, „halte durch!" Adelheid öffnete die Augen um sie gleich darauf zu verdrehen. Sie öffnete ihre kleine niedliche Schnauze. Sie wollte mir etwas sagen, aber was? Ich konnte sie nicht verstehe, sosehr ich mich auch bemühte. „Ich kann dich nicht verstehen!" Ganz nah hielt ich sie mir ans Ohr. Dann hörte ich ein paar Wortfetzen. „Fledermaus..., Tanne..., Nistkasten..., Seelenf...", hauchte sie. Dann verstummte ihre Stimme ganz.

Was wollte sie uns damit sagen? Ich wiederholte, was ich verstanden hatte, damit meine mich mit ängstlich fragenden Augen anstarrende Schwester auch mitdenken konnte. Mein Gehirn war wie versteinert. Cassie fand als Erste wieder ihre sieben Sinne. „Die *andere* Fledermaus!" Ich schaute meine Schwester erwartungsvoll an. „Matti! Adelheid meint sicher die *andere* Fledermaus, die manchmal abends bei uns im Garten über dem Rasen kreist. Sie schläft sicher in einer der alten Tannen, los wir müssen alle Tannen absuchen! Jetzt!" Cassie hatte Recht! Das musste es sein! Wir hatten keine andere Wahl, so schwer es uns auch fiel, wir mussten Adelheid alleine in meinem Zimmer zurücklassen. Wir rasten aus meinem Zimmer die Treppe hinunter.

„Hallo, ihr Zwei, guten Morgen erst mal! Wo wollt ihr denn jetzt hin?", rief meine Mutter aus der Küche, als wir die Terrassentür öffneten. Meine Eltern! Die hatten wir ja völlig vergessen! Wir stoppten und schauten uns ratlos an. Angriff ist die beste Verteidigung. Es ist mir ja auch schon einmal geglückt, also spielte ich mit offenen Karten. Fast atemlos sagte ich: „Mama, du weißt doch, die Verfluchten…" „Wer?" fragte mein Vater erstaunt und blickte hinter seiner Zeitung hervor. Seine Stirn hatte sich in Falten gelegt und seine Augenbrauen gingen über der Nase spitz nach oben. „Och nee, Mathilda, fang jetzt nicht wieder damit an!" Meine Mutter verdrehte die Augen. „Wer?", fragte Papa wieder. „Ihr müsst uns glauben!", sagte Cassie flehend, „Es geht um Leben und Tod!" „Verfluchte?", fragte mein Vater, er hatte inzwischen seine Zeitung auf den Tisch gelegt und war aufgestanden, aber es beachtete ihn immer noch keiner. Erst jetzt bemerkte ich, dass unsere Eltern sich schick angezogen hatten. „Wo wollt ihr denn

hin?", fragte ich. „Na, in die Kirche, heute ist doch Fronleichnam. Los, zieht euch an, wir müssen uns beeilen!" Wir waren natürlich noch im Nachthemd. „Nein, das geht jetzt wirklich nicht!", rief Cassie. Meine Mutter schaute mich eindringlich und lange an, Papa verstand jetzt, glaube ich, gar nichts mehr. „Du weißt, was ich sagen will?" fragte sie mich jetzt ganz ernst. „Nichts, was du nicht auch tun würdest", antwortete ich. „Genau", sagte Mama und drehte sich zu meinem Vater, der mit hochgezogenen Schultern hinter ihr stand und sie immer noch fragend anschaute, um. „Komm, Floer, es wird Zeit, sonst kommen wir zu spät in die Kirche." „Aber Charlotte…", Papa schaute Mama mit großen Augen an. Mama zog ihn durch die Haustür. „Erkläre ich dir nachher. Tschüß, ihr Zwei!"
In den letzten Tagen habe ich mich oft gefragt, wie viel Mama wirklich weiß - oder glaubt zu wissen. Auf jeden Fall stellt sie seit einigen Tagen Berthold und die Muschel abends ins Haus und morgens wieder an den Teich.

Wir warteten noch zwei Minuten, rannten dann zur Garage, um die lange Leiter wieder zu holen. „Matti, ich glaube, an der Tanne neben dem Gartenhäuschen ist auch ein Nistkasten." „Ja, fiel mir auch gerade ein." Ich trug das eine Ende der Leiter, Cassie ging hinter mir und trug das andere. Als wir am Teich vorbeikamen, rief Berthold: „Matthilda, Cassandra, was macht ihr hier? Was ist los? Erzählt es uns! Geht es Adelheid gut?" Cassie sagte nur: „Keine Zeit!", und wir liefen weiter durch den Garten. Nachdem wir die Leiter an die alte Tanne gelehnt hatten, suchten wir den Nistkasten. Er hing tatsächlich dort im Baum. Nur *etwas* höher, als wir es in Erinnerung hatten. Cassie sagte: „Matti, du bist die Ältere. Du gehst hoch. Am besten holst du das ganze Volgelhäuschen runter." Wir hatten keine Zeit zu diskutieren, also tat ich, was sie sagte. Ich war zwar letztens schon in die Buche geklettert, aber das hier war doch eine etwas andere Nummer. Es ist schon schwierig, eine fünf Meter lange Leiter hinaufzuklettern. Jedoch noch aufreibender kam es mir vor, wieder hinunter zu kommen. In der linken Hand den Nistkasten für die „Vögel", der zum Glück nur an einem Aststumpf mit einem Draht angehangen war und sich leicht abhängen ließ. Mit der freien rechten Hand hielt ich mich Sprosse für Sprosse an der Leiter fest. Zum Glück hatte meine Schwester unten wieder die Leiter fest im Griff und es war somit ein bisschen stabiler. Auf dem Boden wieder angekommen, war uns beiden nicht geheuer, als wir vorsichtig die Klappe an der Rückseite des Kastens öffneten. Cassie hielt schützend ihre Hände davor, damit was immer auch da drin war, nicht wegflattern konnte. „Halt sie fest, halt sie doch fest!!!" Wild zappelte etwas kleines Graues in Cassies Händen. „Matti, nimm du sie!", kreischte meine Schwester, „Ich habe Angst!" „Nein, sonst fliegt sie noch weg. Los jetzt, wir müssen uns beeilen!"

Natürlich haben Kurt und Berthold Cassies Schreie gehört. „Was geht da vor sich?", rief Kurt uns aus dem Wasser ängstlich zu. „Später", rief ich zurück und schon waren wir im Haus. Schnell rannten wir die Treppe zu meinem Zimmer hoch. Cassie hielt ihre Hände, in denen das winzige graue Tier immer noch wie wild zappelte, möglichst weit von ihrem Körper entfernt. Ich wusste gar nicht, dass meine Schwester so lange Arme hat. Im Zimmer machte ich die Taschenlampe an und schloss sofort die Tür. In der Dunkelheit beruhigte sich die graue Fledermaus aus dem Garten wieder und wurde so still, dass Cassie sie neben Adelheid in das Körbchen legte. Adelheid atmete kaum noch wahrnehmbar.

Was jetzt folgte, war Magie, Zauberei, was auch immer, einfach unfassbar!

Adelheid schlug wie wild mit den Flügeln, sie zuckte, und eine kleine Feuerkugel verließ schwebend ihren Körper. Mein ganzes Zimmer war plötzlich taghell erleuchtet. Wir kniffen unsere Augen zusammen, damit wir nicht von dem Licht geblendet wurden. Auf einmal fuhr die Feuerkugel pfeilschnell in den Körper der „neuen" Fledermaus, die jetzt hell erstrahlte, wie ein Stern in dunkler Nacht. So schnell und hell, wie alles passierte, so rasch war auch alles vorbei und wieder erleuchtete nur das matte Licht der alten Taschenlampe mein Zimmer.

Wie betäubt und mit offenen Mündern starrten wir auf die beiden Fledermäuse, bis uns eine Stimme wieder in die Wirklichkeit zurück holte. „Das war Rettung in allerhöchster Not! Nie werde ich euch das vergessen! Ich stehe für alle Zeiten zutiefst in eurer Schuld!" Die graue Fledermaus erhob sich und flatterte im Zimmer umher. „Bist,…, bist du jetzt etwa Adelheid?", fragte meine Schwester ungläubig. „Ja", antwortete der kleine graue Flattermann, „ich bin Adelheid! Der Seelenflug ist geglückt. Ich danke euch von Herzen für meinen neuen Körper! Mein altes Gewand war für lange Zeit meine Heimat. Vielleicht wäre es möglich, dass ihr ihn begraben könntet. Seid nicht böse, aber so ein Seelenflug ist unwahrscheinlich anstrengend. Man muss seine ganze Kraft und Energie bündeln. Ich bin vollkommen erschöpft. Bitte berichtet meinem Kurt und Berthold, dass es mir jetzt wieder gut geht und ich sie heute Nacht in meinem neuen Körper besuchen werde."

Ich zog die Rollläden, noch immer wie in Trance, hoch und öffnete das Fenster. Adelheid flog hinaus in den Garten.

Cassie trug das Körbchen mit der leblosen Fledermaus, bis vor ein paar Minuten noch Adelheid, und ich den Nistkasten.

Als wir am Teich vorbeikamen, schrie mich Berthold an: „Sagt jetzt endlich, was mit Adelheid los ist!" „Es geht ihr gut!", sagte ich, „Es geht ihr gut!" Wieder kletterte ich vorsichtig die fünf Meter lange Leiter hoch, die immer noch am Baum lehnte, ließ mir aber dieses Mal mehr Zeit, hing die Vogelkoje wieder an die alte Stelle. Dann kletterte ich wieder herunter. Cassie hielt die ganze Zeit die Leiter unten fest. Das Körbchen mit der toten Fledermaus hatte sie auf dem Boden abgestellt. Wir sprachen immer noch kein Wort. Meine Schwester ging ins Gartenhäuschen und holte einen Spaten von Papa. Sie hob ein Loch unter der Tanne aus und wir legten Adelheids verbrauchten, leblosen kleinen Körper hinein.

Berthold rief jetzt wieder vom Teich her: „Matthilda, Cassandra, erzählt doch! Was macht ihr denn da? Was ist passiert?" „Wir kommen gleich zu euch", antwortete ich ein bisschen heiser.

Nachdem wir das Loch wieder zugeschaufelt und Cassie den Spaten wieder an seinen Platz gebracht hatte, gingen wir zum Wasser. Wir erzählten Kurt, der an die Oberfläche zum Rand des Teiches gekommen war, und Berthold die ganze, für uns immer noch unglaubliche Geschichte, wie sie sich zugetragen hatte. Kurt schwamm vor Freude Loopings im Wasser. Nachdem er sich wieder ein bisschen beruhigt hatte, sagte er: „Aber jetzt dürft ihr den Ast nicht vergessen! Wir brauchen unbedingt den Ast! Habt ihr schon eine Ahnung, wie ihr ihn beschaffen wollt?"

Meine Schwester und ich schauten uns an. „Noch nicht wirklich", sagte Cassie, „aber da fällt uns bestimmt auch noch was ein. Ich habe da schon eine Idee…".

Na, darauf bin ich ja mal gespannt!

05.06.

noch 16 Tage

Ob sich Tim darauf einlassen wird? Ich weiß nicht.

Also, Cassies Plan sieht so aus: Unser Cousin Tim, der auch auf meine Schule geht (12. Klasse), soll den Ast beschaffen! Ich traute meinen Ohren nicht, als Cassie mir das sagte. Aber eigentlich ist ihre Idee gar nicht mal so schlecht. Zum einen kennen Conradus und die doofe Hexe Tim nicht. Zum anderen hat er letztes Jahr bei „Jugend forscht" mitgemacht und sofort den 1. Preis für Nordrhein Westfalen geholt. Er befasste sich mit der *Altersbestimmung von Bäumen anhand ihres sekundären Dickenwachstums.* Da muss man erst mal drauf kommen!

Tim sollte, so Cassie, in der Burg vorgeben, irgendwie das Alter von Kastanien zu bestimmen. Passt doch! Und dafür bräuchte er halt Proben von verschiedenen Kastanienbäumen.

Er ist aber heute nicht zu Hause. Wir haben schon versucht, ihn anzurufen.

Morgen früh fahren wir mit den Fahrrädern zu ihm hin und werden ihn fragen.

06.06.
noch 15 Tage

Wir haben Tim heute morgen aus dem Bett geworfen. Er hat noch halb geschlafen. Vielleicht war das aber auch gut so. Denn wenn er bei klarem Verstand gewesen wäre, hätte er sicher nicht so schnell „ja" gesagt. Cassie hat ihn sogar schwören lassen! Leider muss er diese Woche noch zwei Klausuren schreiben und hat erst wieder am Donnerstagnachmittag Zeit. Schade! So lange müssen wir uns halt gedulden. Meine Schwester gab ihm den Tipp, seine Urkunde von „Jugend forscht" mit ins Sekretariat von Schloss Wahn zu nehmen, damit die Leute da auch sehen, dass er es ernst meint. Wir haben ihm dann ganz genau erklärt, um welche Kastanie es sich handelt. Am besten soll er sie markieren, Cassie gab ihm ihr rotes Haargummi, das er um den Ast der Kastanie vom Hof binden sollte. Außerdem müsste er natürlich eine Leiter und eine Astschere mitnehmen. Damit alles echt aussieht, muss er selbstverständlich auch noch andere Äste aus dem Schlosspark abschneiden. Man weiß ja nie, wer ihn dabei beobachtet. Komischerweise stellte er gar keine Fragen, was wir mit dem Ast anfangen wollen.

Ich glaube, er hat wirklich noch halb geschlafen.

08.06.

noch 13 Tage

Adelheid geht es richtig gut, das berichtete uns zumindest Kurt. Wir haben sie seit Sonntag nicht mehr gesehen. Cassie stellte mir heute die Frage, wer wohl, Adelheid oder Kurt, durch den brennenden Kranz springen wird. Ich denke, es bleibt eigentlich nur eine Möglichkeit: Adelheid muss springen oder fliegen. Bei uns gibt es nämlich keine zweite Fledermaus mehr, aber Fische haben wir genug im Teichbecken.
Noch zwei Tage bis Donnerstag. Ich werde langsam nervös. Natürlich haben wir Tim nichts von der ollen Hexe, Conradus oder Wolf erzählt. Wir wollten ihn ja nicht verängstigen.
Obwohl er es uns sowieso nicht glauben würde.

10.06.

noch 11 Tage

So böse habe ich Tim noch nie gesehen. Er klingelte gegen 17.00 Uhr und warf mir mehrere Kastanienäste vor die Füße. Es war nicht zu übersehen, dass seine Hose an der rechten Wade zerfetzt war. Ich konnte mir schon ungefähr vorstellen, was passiert war. Jedenfalls hatte ich so eine Ahnung…

Tim konnte sich gar nicht beruhigen. Aufgeregt erzählte er, wie freundlich die Leute im Sekretariat der Burg zu ihm waren und wie schnell sie ihre Zustimmung gegeben hatten. Er brauchte noch nicht mal die Urkunde zu zeigen, denn einer der Angestellten hatte sein Foto und den dazugehörigen Bericht damals in der Lokalzeitung gesehen und konnte sich noch an ihn erinnern.

Im Schlosspark war wohl auch alles kein Problem. Ruck zuck hatte er Äste von verschiedenen Kastanien abgeschnitten.

Als Tim aber die Leiter an den Baum im Hof der Burg Wahn anstellen wollte, kam von hinten ein riesiger Schäferhund aus dem Nichts auf in zugerannt und hat ihn in die Wade gebissen. *Wolf!* Gleich darauf, so drückte er sich aus, „kam ein uralter buckliger Greis im blauen Kittel auf mich zugestürmt, beschimpfte mich wild und nahm mir die Leiter weg. Dann pfiff der Bucklige den blöden Köter zurück, der auch sofort von mir abließ, aber weiterhin knurrend und Zähne fletschend neben dem Blaukittel saß. Zum Glück kam eine der freundlichen Damen aus dem Sekretariat gerade vorbei und erklärte dem Alten, dass alles schon seine Richtigkeit hätte und wofür ich die Äste bräuchte. Der Greis murmelte so was wie „Entschuldigung", nahm die blöde Töle und verschwand so schnell, wie sie gekommen waren. Trotzdem musste ich ja aber noch auf die Leiter klettern, um einen Ast von dem Baum abzuschneiden! Und ich sage dir: mit einer zerbissenen Wade tut das ganz schön weh!" „Und", fragte ich, „hast du den Ast markiert?" Stumm und auch wütend zeigte Tim auf einen Zweig am Boden, der Cassies rotes Haargummi umgebunden hatte. „Meine Wade interessiert dich nicht?", fragte er böse. Schnell rannte ich ins Badezimmer, holte Jodsalbe und Pflaster. In der Küche haben wir dann die Wunde ausgewaschen. Zum Glück war es nicht ganz so schlimm. Die Hose hatte einiges von Wolfs Angriff abgehalten. Aber ein paar Ratscher und Zahnabdrücke waren schon vorhanden.

Wolfs Gebiss war genau zu erkennen. Schauerlich! Und blaue Flecke würde er sicher auch bekommen. Dann habe ich ihm die Salbe aufgebracht und die Pflaster aufgeklebt. Ich bedankte mich 1000 Mal bei ihm und ich habe ihm auch gesagt, wie leid es mir tut, dass er wegen uns solche Unannehmlichkeiten hatte. Aber ich glaube, in nächster Zeit brauche ich Tim wohl um keinen Gefallen mehr zu bitten… Armer

Tim. Irgendwie habe ich schon ein schlechtes Gewissen. Aber es gab keine andere Möglichkeit. *Jetzt haben wir alles zusammen!*

11.06.
noch 10 Tage
21.30 Uhr

Gerade rief Markus an und sagte, ich möchte ihm doch bitte gute deutsche Schokolade und viele Gummibärchen mitbringen. Amerika. *Wen interessiert schon Amerika?* Also, mich auf jeden Fall nicht. Wenn ich daran denke, dass in 11 Tagen Mittsommernacht ist, werde ich nervös. Ob alles klappen wird? Und was passiert mit Berthold? Ich habe mich so an ihn gewöhnt. Ich werde ihn vermissen.
Aber bestimmt wird er unser guter Hausgeist bleiben.

12.06.
noch 9 Tage

Kurt war so aufgebracht heute Morgen, als ich Berthold raus an den Teich gestellt habe. Er erzählte mir, was Adelheid letzte Nacht beobachtet hatte: „Als meine treue Adelheid gerade zu einem Rundflug in der Dunkelheit ihren Nistkasten verlassen wollte, kamen die drei hässlichen Gestalten um die Hausecke hierher zum Teich. Stunde um Stunde hat die Alte wieder wie versteinert am Teich gehockt und in das Wasser gestarrt. Wolf schnüffelte den ganzen Garten ab und verweilte sehr lange unter der alten Tanne mit Adelheids neuem Nistkasten. Ich bin mir sicher", fuhr Kurt fort, „sie haben noch einen Verdacht. Bestimmt hat euer Tim sie zum Stutzen gebracht. Erst weit nach Mitternacht, ich konnte das Schlagen der Kirchturmuhr hören, verließen sie euer Grundstück wieder. Ich hoffe inständig, die noch verbleibende Zeit bis Mittsommernacht möge wie im Fluge vergehen.

Die im Vergleich zu den letzten Jahrhunderten wenigen Tage und Wochen, seit wir dich, meine liebe Mathilda, kennen gelernt haben, kommen mir mittlerweile wie eine Ewigkeit vor!" Jetzt meldete sich auch Berthold wieder zu Wort. „Was ist eigentlich mit dem Kastanienzweig aus der Burg geschehen, den Tim euch besorgt hat?"
„Der liegt bei mir im Zimmer auf dem Kleiderschrank. Dort liegt er gut", antwortete ich.
„Ist er denn schon trocken?", wollte Kurt wissen.
„Wie meinst du das: trocken?" „Mathilda von der Muschel." Kurt hörte sich jetzt tatsächlich ein

bisschen oberlehrerhaft an. „Du weißt doch, dass wir den Zweig *anzünden* müssen. Nun, und dazu muss er natürlicherweise trocken sein! Wenn noch zu viel Saft im Ast ist, bekommt man ihn nicht zum Brennen. Ihr müsst ihn trocknen!"
Gerade habe ich mir den Ast noch einmal angeschaut. Also, für mich sieht er trocken aus.

13.06., Sonntag
8 Tage
19.00

Cassie hat Recht. Wir müssen die Eltern am Mittsommernachtsabend irgendwie aus dem Haus bekommen. Das wird, glaube ich, gar nicht so einfach. Außerdem überlege ich, ob wir den Ast nicht doch lieber im Backofen bei geringer Hitze trocknen lassen sollen. Wir wollen ja schließlich kein Risiko eingehen.
Heute, am späten Nachmittag, sind meine Eltern mit Pettersson spazieren gegangen. Wir dachten, das sei *die* Gelegenheit, den Zweig in den Backofen zum Trocknen zu legen. Haben wir auch gemacht. Bei 50° C. Nach einer halben Stunde waren meine Eltern aber schon wieder da, weil der Hund keine Lust auf eine große Runde gehabt hatte. Meine Mutter sah natürlich sofort

den Ast im Ofen und rief mich in die Küche: „Mathilda Schilling, was soll das denn hier schon wieder?" „Mama, …, du weißt schon!", sagte ich etwas kleinlaut. „Nein, Mathilda, nicht schon wieder *deine Verfluchten*!"

Und dann versuchte sie es auf die sanfte und verständnisvolle Art: „Matti, du wirst in ein paar Wochen dreizehn Jahre alt. Wir leben *jetzt* und *hier. Es gibt keine Verfluchten*! Du steigerst dich in die Sache viel zu viel hinein! Ich bin froh, wenn du bald zu Markus fliegst. Da kommst du dann hoffentlich auf andere Gedanken." „Mama", sagte ich jetzt fast flehend, „es wird nicht mehr lange dauern. Nur noch bis Mittsommernacht!" „*Mittsommernacht*", wiederholte Mama. Jetzt wurde sie fast ein bisschen ironisch. Sie zog die Augenbrauen ganz hoch, legte den Kopf etwas schräg zur Seite machte ihre Augen ganz groß. „Kommt dann etwa die gute Fee und erlöst deine Verfluchten?" „Ja, so ungefähr." Ich versuchte, ganz sachlich zu bleiben. „Das hoffe ich jedenfalls." „Wann ist überhaupt dieses *Mittsommernacht*?", wollte sie wissen. „Schon übernächste Woche, am 21. Juni."

Mama schloss die Augen und sagte großmütig: „Also gut, bis dahin spiele ich mit." Dann wurde sie wieder strenger. „Aber danach", sie machte eine Pause und sah mich ziemlich eindringlich an,

„danach will ich nichts mehr von irgendeinem *Verfluchten* hier in diesem Haus oder sonst irgendwo von dir hören!" Ich nickte zustimmend. „Wie lange soll der Ast hier noch im Backofen bleiben?" „Das weiß ich auch nicht, Mama, er soll trocken werden."

Meine Mutter bereitete jetzt das Abendessen vor und beobachtete dabei den Ast.

Ob sie etwas weiß? Manchmal schaut sie mich so merkwürdig an.

Ich glaube immer mehr, sie ahnt, dass das Ganze etwas mit Berthold zu tun hat.

noch 4 Tage

Cassie denkt wirklich an alles! Heute Nachmittag hat sie doch tatsächlich ihre Spardose geplündert, um noch einen Koi in der Zoohandlung zu kaufen! Damit Adelheid und Kurt nach dem „Sprung" auch als gleiche Fische gemeinsam durchs Leben schwimmen können! Der neue Koi sieht wirklich toll aus. Er ist natürlich viel kleiner als Kurt. Für einen schon größeren Koi reichte Cassies Geld nicht.

Sie brachte ihn in einer mit Wasser gefüllten Plastiktüte nach Hause. Wir haben ihn gleich ins Teichwasser gelegt, damit er sich an die

Temperatur gewöhnen konnte. Es ist die gleiche Art, wie Kurt: ein Tancho. Weiß, mit einem roten Fleck auf dem Kopf. Kurt war ganz gerührt, als meine Schwester den neuen Koi ins Wasser gelassen hat. „Woher wisst ihr denn, dass Adelheid durch den brennenden Kranz springen will und nicht ich?", wollte Kurt von uns wissen. „Naja", meinte Cassie, „eine andere Fledermaus haben wir ja jetzt nicht mehr in unserem Garten."
Jetzt müssen wir nur noch unsere Eltern aus dem Haus bekommen.

noch 2 Tage
19.06.

Die einzige Muschel, die wir noch haben, die, die sonst immer bei Berthold am Teich ist, habe ich mir umgehangen. Es war sowieso ein kleines Loch darin. Durch dieses habe ich einfach ein Lederband gezogen und sie mir wie eine Kette um den Hals gehängt.
Jetzt bin ich tatsächlich „*Mathilda von der Muschel*" und werde es hoffentlich auch immer bleiben!

20.06.

1 Tag

Berthold, Kurt und Adelheid sind kaum noch ansprechbar. Die Anspannung bei ihnen ist so groß.

Ach, habe ich eigentlich schon erwähnt, dass meine Eltern morgen Abend tatsächlich nicht da sind? Opa hat ihnen zwei Konzertkarten geschenkt. *Glückliche Fügung!* Mama hat es mir gestern erzählt.

Gerade haben Cassie und ich alle Dinge, die wir für die Erlösung der *Verfluchten* brauchen, in einen Karton gelegt:

- den Stein von Schloss Wahn
- den Kranz, gebunden aus Hexenblumenwurzeln (was für eine Arbeit!) und die restlichen Wurzeln
- den (jetzt wirklich trockenen!) Kastanienast und Streichhölzer

und

- die Ringelblumenblüten und eine Schüssel sowie eine Flasche mit Wasser, mit der wir die Schüssel dann füllen können.

Hoffentlich haben wir nichts vergessen!

Dienstag, 22.06.
1 Tag nach Mittsommernacht

Nie werde ich den Abend des 21. Juni vergessen!

Es war **unfassbar**! Ich bin glücklich und zugleich unendlich traurig.

Es dauerte bis fast halb acht gestern Abend, als meine Eltern endlich das Haus verließen. Aber auch nur, weil Cassie und ich sie wirklich gedrängt haben. „Jetzt beeilt euch doch mal!" „Ihr kommt noch zu spät!" „Um diese Uhrzeit ist immer viel los in der Stadt!" „Nachher bekommt ihr keinen Parkplatz!" Bis Papa dann endlich sagte: „Komm, Charlotte, die beiden wollen uns loswerden. Lass uns jetzt fahren." Sie waren schon durch die Tür, als Mama wieder zurück kam. „Wenn ihr meine Hilfe braucht, dann ruft ihr mich sofort auf dem Handy an, ja? Und bitte seid vorsichtig! Was immer ihr tut. Viel Erfolg!" „Danke", sagte ich leise als sie sich umdrehte und ging.
Cassie rannte sofort in mein Zimmer, um die Kiste zu holen. „Hier", sagte sie, als sie wieder unten war und gab mir eine handvoll Ringelblumenblüten, die ich mir in die Hosentasche steckte. „Man weiß ja nie!"

Am Teich wurden wir schon höchst ungeduldig erwartet.

„Wo bleibt ihr denn?", rief Kurt. Berthold plapperte in der Abendsonne wie ein Wasserfall von seiner Familie, von den Dingen, die er gerne Essen mochte und dass er es nicht abwarten könne, endlich wieder einen *warmen* Körper zu haben.

Wir saßen also mit Pettersson am Teich und warteten auf die Dämmerung. Denn erst in der Dämmerung wacht Adelheid auf und zieht ihre Runden. Den Stein von Schloss Wahn legten wir neben Berthold. *In Gegenwart dieses Gemäuers.* Wir waren so gespannt!

Es wurde 20.00 Uhr, 21.00 Uhr, 21.30 Uhr. Wir wurden immer kribbeliger. Langsam lief uns auch die Zeit davon. Die Sonne war schon nicht mehr zu sehen, aber es war immer noch ziemlich hell. Zum einen hatten wir keine Ahnung, wann unsere Eltern zurückkommen würden. Gut, Oper dauert schon mehrere Stunden, aber halt auch nicht ewig. Außerdem hatten wir jetzt nur noch ungefähr zwei Stunden, dann war der Tag der Mittsommernacht vorbei!

„Da! Da ist sie!" Ich hatte Adelheid zuerst gesehen. Sie flog ihre Runden über dem Teich, während wir ihr erklärten, wie wir es machen wollten.

Dann sollte es endlich soweit sein. Cassie wollte mit den Streichhölzern den Ast aus der Burg anzünden. Aber, aber er brannte nicht! Ob er doch noch zu feucht war? Fast die ganzen Streichhölzer aus der Schachtel gingen dabei drauf, bis meine Schwester auf die Idee kam, den Ast an einer Kerze anzuzünden. Wie der Blitz rannte ich ins Wohnzimmer und holte eine Kerze. Wir zündeten sie an, zum Glück war es fast windstill, und hielten den Ast an die Flamme. Endlich! Der Kastanienzweig brannte! *Angezündet mit dem Zweig dieser Kastanie.*
Ich sollte den Kranz aus Hexenblumenwurzeln über den Teich halten, aber erst jetzt fiel uns ein, dass ich ja keinen brennenden Kranz festhalten konnte! Also holte ich schnell die große Grillzange von Papa. Jetzt war alles perfekt!
Mit der Zange hielt ich den Kranz über den Teich und Cassie zündete ihn mit dem Kastanienast an.

Nur Mathilda von der Muschel kann euch in einem Element vereinen.
Einer muss springen,
durch den brennenden Kranz,
gebunden aus den Wurzeln der Hexenblume,
angezündet mit dem Zweig dieser Kastanie,
in Gegenwart dieses Gemäuers.
Und nur in dieser Nacht.

Der Kranz brannte im Nu lichterloh. Adelheid kreiste und kreiste über dem Teich. Sie hatte schreckliche Angst. „Adelheid!", schrie ich sie an, „Wenn du nicht gleich durch den brennenden Kranz ins Wasser fliegst, ist er verbrannt und alles war umsonnst! Beeil dich jetzt gefälligst!"
Es hatte gewirkt. Mit einer wahnsinnigen Geschwindigkeit flog sie durch den zum Glück noch immer hell brennenden Kranz und schoss wie ein Pfeil ins Wasser. Aber jetzt ging das Spektakel erst los!
Wie bei ihrem *Seelenflug* vor ein paar Tagen verließ ein heller Lichtstrahl ihren Körper und fuhr durchs Wasser, bis er schließlich den neuen Koi gefunden hatte. Adelheids letzter Körper, der der Fledermaus, schwamm auf dem Teich und schlug wie wild mit den Flügeln. „Hol sie raus!", schrie ich meine Schwester an. „Fledermäuse können nicht schwimmen!" Cassie griff sofort nach dem Fischnetz. Wir legten die völlig erschöpfte Fledermaus auf den Rasen. Sie erholte sich ziemlich schnell und flatterte in Richtung des Nistkastens in der alten Tanne.
„Bravo, ihr habt es geschafft!", freute sich Berthold. „Jetzt bin ich an der Reihe, schnell beeilt euch." Erst jetzt bemerkten wir Petterssons lautes Bellen. Es kam vom Gartentor. Ich lief ins Haus. Vorsichtig schaute ich aus dem

Küchenfenster. Oh nein! Da war er! Der riesige alte Schäferhund stand vor dem Tor. Wo Wolf war, war auch bestimmt Conradus und die alte Hexe nicht weit! Hastig rannte ich zurück zum Teich.

„Pack alles zusammen und bring Berthold mit ins Haus! Ich lasse überall die Rollladen runter. Sie stehen vorne vor dem Tor!" „Wer?", schrie Cassie zurück. „Wolf, die Hexe und der Conradus! Kurt, Adelheid, versteckt euch!"

Cassie packte alles in den Karton, kam ins Haus, schloss die Terrassentür und ließ auch hier die Rollladen runter. Ich hatte alle übrigen bereits geschlossen. „Was ist mit Pettersson?", brüllte sie, „Hol ihn rein!" Klar, das war mal wieder meine Aufgabe, weil ich ja die ältere von uns beiden bin. Ich nahm all meinen Mut zusammen, machte die Haustür auf und rief: „Pettersson, komm zu mir! KOMM!" Er kam nicht, sondern bellte immer noch wie um sein Leben. Es half nichts: ich musste ihn holen. Ich packte ihn am Halsband und schliff ihn hinter mir her. Ich weiß nicht, ob *sie* vor dem Tor standen. Mein Blick war starr auf den Boden gerichtet, ich wollte auf keinen Fall einem von *denen* in die Augen schauen.

Endlich. Wir waren jetzt alle im Haus. Sofort schloss ich die Tür ab. Pettersson lief wieder knurrend an die Haustür.

„Matti, ich…", sagte Cassie. „Was?", fragte ich sie. „Ich, …, ich habe den Stein vergessen! Matti, der Stein liegt noch am Teich!"

Schon wieder ich. So schnell es ging, zog ich den Rollladen der Terrassentür wieder hoch, öffnete die Tür, rannte zum Teich, griff den Stein von der Burg und rannte wieder zurück. Oh nein, Pettersson war mir gefolgt! Er war durch die offenen Tür nach draußen auf die Terrasse gehuscht! Mit Engelszungen redete ich auf ihn ein: „Pettersson, nein, lauf nicht wieder weg. Bleib hier!" Zum Glück hörte er dieses Mal auf mich! Wir liefen wieder rein, Cassie schloss die Tür und den Rollladen.

Wie gelähmt standen wir in unserem dunklen Haus.

Wir horchten, konnten aber außer dem Hecheln von Pettersson nichts hören.

„Bitte, bitte versucht mich auch zu retten!", flehte Berthold uns an. Cassie zündete die Kerze an und wir gingen mit Berthold in die Küche. Dort stellten wir ihn auf den Fußboden und legten den Stein der Burg daneben. Wir sprachen kein Wort. Ich öffnete die Flasche mit dem Wasser und füllte die Schüssel damit. Mit einer Mischung aus

Ringelblumenblüten und Wasser rieben wir Berthold ein. Nichts. Rein gar nichts passierte.

Was sollten wir jetzt machen? Wir blickten uns ratlos an. Cassie meinte dann, vielleicht müsste er auch durch einen brennenden Kranz aus den Hexenblumenwurzeln springen. Ich schaute auf die Uhr. Es war gleich halb zwölf. Noch eine halbe Stunde. *Nur* noch eine halbe Stunde! Wir mussten etwas tun. Aber wir hatten keinen Kranz mehr. Der war ja schon draußen am Teich verbrannt! Cassie entdeckte auf dem Herd das Fettschutzsieb, das Mama immer beim Kotelett braten benutzte, damit es nicht so spritzte. Mit der Küchenschere schnitt sie das engmaschige Sieb aus dem Rahmen. Sie nahm den Rahmen und darum banden wir die restlichen Hexenblumenwurzeln. Was für ein Glück, dass wir so viele gesammelt hatten!

Ich hielt den Rahmen des ehemaligen Siebes am Griff, Cassie zündete den Kastanienast wieder an der Kerze an. Langsam ließ ich den brennenden Ring über Berthold gleiten.

Er verschwand! Kein Witz! Er war einfach nicht mehr da! Unmöglich. Er hatte sich in Luft aufgelöst!

Nach einer Weile drang aus der Ferne seine Stimme an mein Ohr. „DANKE. *Mathilda von der Muschel, ich danke euch*!"

Überwältigt, glücklich und traurig saßen wir auf dem Küchenfußboden. Den noch etwas rauchenden „Not"-Kranz hatte ich inzwischen in die Wasserschüssel gelegt. Er zischte etwas.

Jemand schloss die Haustüre auf. „Wo seid ihr? Seid ihr in Ordnung?", hörte ich meine Mutter besorgt rufen. „Mama, wir sind hier in der Küche." Mama sagte: „Draußen auf der Straße liefen ganz grauenhafte Gestalten mit einem riesigen Hund rum." Dann kamen Mama und Papa in die Küche. Pettersson freute sich und wedelte mit dem Schwanz. „Wie sieht es denn hier aus? Seid ihr verrückt geworden?", fragte mein Vater vollkommen aufgebracht. „Floer, alles in Ordnung, reg dich nicht auf", meinte Mama. Dann schaute sie uns an. „*Ist* alles in Ordnung?" „Ja, Mama", sagte ich. Sie nahm uns beide, Cassie und mich in den Arm. Papa schaute noch immer verständnislos und streichelte den Hund. Nach einer Weile sagte Mama: „Gut, dann geht jetzt hoch in eure Zimmer. Ich räume hier auf und gebe euch dann noch einen Gutenachtkuss."
Einmal mehr fragte ich mich, wie viel sie weiß.

Heute Morgen vor der Schule sind Cassie und ich noch mal schnell am Teich gewesen. „Adelheid,

Kurt, ihr könnt rauskommen!", rief ich sie. Sofort kamen unsere wunderschönen Tanchos aus ihrem Versteck unter den Wasserlilien und schwammen glücklich und verliebt neben einander her. „Geht es euch gut?", wollte ich wissen. Ich konnte sie nicht hören. Dann mussten wir zur Schule.

Als wir nachmittags nach der Schule wieder zu Hause waren, fragte meine Mutter: „Sagt mal, wo ist eigentlich Berthold?" „Er ist *weg*", sagte ich. „Wie, *weg*?" „Ja, weg eben, ich weiß auch nicht." Tränen liefen über mein Gesicht. Berthold ist nicht mehr da. Kurt und Adelheid sprechen nicht mehr mit mir. Und überhaupt, ich muss das alles erst mal verarbeiten. Ich war dankbar, dass Mama mich tröstend in den Arm genommen hat.

Freitag, 25.06.
4 Tage nach Mittsommernacht

Nach all der Aufregung der letzten Tage weiß ich gar nichts mit mir anzufangen.
Traurig bin ich, dass Kurt und Adelheid nicht mehr mit mir sprechen können. Eigentlich war das ja klar, ich habe mir nur nie Gedanken darüber gemacht. Denn erst mir Berthold konnte ich die beiden hören. Und der ist ja nun nicht

mehr da. Oft sitze ich am Teich und füttere sie. Sie schwimmen immer ganz einträchtig beieinander und fressen mir sogar manchmal aus der Hand. Dann schweifen meine Gedanken zu Berthold. Wo mag er wohl sein? Die Muschelkette trage ich immer noch, damit ich seine Stimme hören kann, sollte er irgendwann und irgendwo in meiner Nähe sein.

Montag, 28.06.
7 Tage nach Mittsommernacht

Am Wochenende habe ich mich nach langer Zeit endlich mal wieder mit Sophie getroffen. Wir waren Eis essen. Hat totalen Spaß mit Ihr gemacht. Wir haben viel gelacht. Das hat richtig gut getan.
Heute in der Schule ist mir etwas merkwürdiges aufgefallen. Sebastian, Sophies älterer Bruder, er geht schon in die 8. Klasse, stand in der Pause mit einem Jungen zusammen, den ich nicht kannte. So kurz vor den Sommerferien wird doch kein neuer Schüler auf unsere Schule kommen?

Dienstag, 29.06.
8 Tage nach Mittsommernacht

Tatsächlich, Sophie erzählte mir, dass der Junge, der übrigens *Bernd* heißt und 14 Jahre alt ist, jetzt noch in Sebastians Klasse gekommen sei. Sein Vater ist bei der Bundeswehr und ist vor kurzem hier nach Wahn in die Kaserne versetzt worden.

Freitag, 02.07.
11 Tage nach Mittsommernacht

Nach der Schule kam Sophie bei mir vorbei. „Ich finde diesen Bernd richtig süß", sagte sie. Ich schaute sie fragend an. „Na ja, er sieht doch gut aus und nett ist er außerdem. Gestern Nachmittag war er bei uns zu Hause. Aber weißt du, was mein Bruder mir erzählt hat? Sie hatten heute Schwimmen. Und in der Umkleidekabine hat er etwas erstaunliches gesehen:

*Bernd hat nur **neun Zehen**!"*

Im Floer von Föhr – Verlag erschienen:

 Floer von Föhr

 Floer von Föhr
macht Meer-Musik

 Floer von Föhr
und das Eierkräutleinmehrteuch

 Neun Zehen